總在
說完晚安後
特別想你

知寒 著

suncolor
三采文化

輯
一

先動心
的人

「欸，我好想你喔」　　010

我知道你不是故意的　　015

宇宙　　017

寫一封信給你，好嗎　　018

想當你入睡的枕　　022

因為是妳，所以　　023

這裡有你　　030

記得抵達你的方式　　032

後遺症　　044

電梯向上　　045

想要肆無忌憚讚美你的眼睛　　052

你對我好的理由　　054

你放心　　063

不擅長的事　　064

花開　　076

我在離你有點遠的地方，有點傷心　　078

好想變成星星喔　　086

你愛過我嗎　　087

他已經會討厭這樣的自己　　088

最可怕的
不是
你不愛我

你那時候說好　100

手機　103

愛我不好嗎　104

隔著螢幕吵架　109

如果下輩子我還愛你　111

不趕著遺忘　114

忘了是你還是他們　117

貪睡功能　118

隱私　129

假裝好難　131

我一旦變得夠好　135

找不到　137

輯
三

無從證明
的愛

陌生與熟悉　　　　　　144

找一個理由　　　　　　147

怎樣的遺忘才算是合理　149

所有人都記得　　　　　151

畏光的人　　　　　　　154

沒有不同　　　　　　　156

應該　　　　　　　　　158

不能交往的我們　　　　159

必需品　　　　　　　　172

有一個人能夠掛念　　　174

每一個選擇　　　　　　188

還不了你那句沒關係　　190

我回到家囉　　　　　　202

輯四	謝謝你與我愛你	208
	等你	211
	部分的你	212
	再沒有幸福過	213
	來生	215
你的輪廓還在雨中	現實的愛永遠殘缺	217
	最好的浪漫	220
	在我值得被愛以前	222
	你的輪廓還在雨中	225
	我沒有不要你	227
	假鳳凰	229
	孤島	231
	愛是致命的病	233
	後來	236
	你還是那個好溫柔的你	237
	記得，然後捨得	248
	惡夢	264
	總在說完晚安後，特別想你	266
	後記　愛出一個更喜歡的自己	277

輯
一

先動心的人

想要和你說一聲對不起，
可你不要問我原因。
我給不了答案。

每一個像是飛蛾一樣奮力撲向焰火的愛人啊，感知疼痛的神經元在我們身上仍和常人一般接著同樣的線路，一樣敏感、一樣受傷、卻也一樣渴望。其實一點也不想愛得偉大，我們是那樣自私地期盼著世界的公平就這麼一次降臨在自己身上，我愛你於是你也會愛我吧？

深知愛人比被愛自由，可是還是止不住心裡的念想，還是希望被喜歡的人啊，像喜歡星星那樣，沒有緣由地深深愛著。如果你也愛我，我覺得自己就有勇氣，再也不必為了自己偶爾的黑暗道歉，因為你了解我、看見我、接住我。但在變得堅強的同時，我也變得脆弱，這是愛最弔詭的地方。

愛人成為力量，卻也成為缺口。如果你不在，我就要流失。

用溫柔作針，以日子為線，
所有的傷痕與縫補，其實都成了人們的經緯。

在愛人與被愛間，我們的方向、時間、世界才逐漸構築。

「欸，我好想你喔。」

「欸，我好想你喔。」或許是喝了點酒的關係，這句話終於順利地被我說出口，在鼓起勇氣從日本打電話給你的 53 秒以後。

明明很晚了，我還是任性地撥了那通電話，你還是接了起來。其實，聽見你的聲音在我的預料之外。你為什麼要接呢？明明不愛我的。

『喂～』你開口的同時，我重新將手機拿得靠近耳邊一些，為了聽得更清楚一點，也因為剛剛就差點要自己先掛斷電話了。

「你在幹嘛？」連問候也沒有，只是想你了，隔著海洋。靜靜地聽完一段以後，甚至你還沒講完，我就先忍不住對你說了。
「……欸，我好想你喔。」

你正在做些什麼呢？還在忙公司的事情？或是剛運動完？如果，我是說如果，可不可以也想想我？

電話那頭像斷訊似地沉默了一會兒，幾乎可以想像出你愣住的表情，就連離開台北以後、離開台灣以後，還是不願意放過你的我，是不是有那麼一瞬間也讓你感到困擾呢？

對不起，那時候的我，是真的離不開你。

接著身為工程師的你，果不其然地給出了一個符合邏輯的答案，又或是說把問題重新丟回來給我。
『啊妳不是在日本玩嗎？』你好像裝得剛剛什麼也沒聽到，語帶笑意地說。

「對啊，但這兩件事情不相關啊，我還是很久沒看到你……」

後來的答覆我記得並不清楚，或許是喝酒的關係，也或許是我知道那並不是我想要聽到的答案，就索性裝作記不得了。別人總說喝酒誤事，可是對我來說喝酒更多的是讓我把自己藏得好裡面的勇氣給找出來，撥一撥上面的灰塵以後，一不小心就把想說的但

不該說的話都開了口。

去年也有一次是這樣，那時候工作並不像現在上手，趁著醉意就打了電話給你。我蹲在路邊向你抱怨，說著說著不知道是覺得自己太委屈還是太丟臉，還哭了出來。那通電話講了一小時多，手機都有點發燙，前面是我一點也沒有邏輯地、一股腦兒地把事情都丟給你，後面是你聽完以後理性地給了我建議。

是啊，你對我總是少了一點感性，永遠就是在理智範圍裡溫柔對我。在我向你告白以前，我覺得那時候我們尚且擁有很多可能，我確認自己對你來說，有那麼一點特別。

但在對你坦承我的喜歡後，像是小時候忍不住去觸摸泡泡的孩子，心裡是想要擁有的，魯莽的雙手卻只能將它弄破。

接下來，曖昧於是成為上個世代的名詞，離我們很遠，用詞準確的話，是離「我和你」很遠。你越來越精準地掌握距離的拿捏，

深怕又讓我誤會。

說真的，我並沒有那麼容易自作多情，你的刻意，才是真的讓我受傷，但我也不敢開口對你講。

曾經有人說過，愛不是是非題，而是證明題，需要實際的行動來表示。他好像忘了說，其實不愛也是，而你正在證明。

· · ·

寫在所有悲傷發生以前。

那天聽完演唱會，和你告白以後，分別前的擁抱裡，你拍著我的背，我還是哭著，斷斷續續地問了你一句話：「那我還可以繼續喜歡你嗎？」你的手在空中停滯了一下後，才又回復成先前的頻率。

『可以啊。』你語帶笑意和一點安慰的意涵對我說，但我沒能看到你的表情。

『所以，別哭啦！』你接著開口，而我也就聽話地接過你剛拿出口袋的衛生紙，別過身去把眼淚和鼻涕都給擦乾淨。

「謝謝你。」我很小聲、很小聲地對你說了這麼一句，其實我也不知道為什麼自己要說謝謝，或許是謝謝你至少不討厭我吧。

但你騙人。

你說的可以，不是真的可以，你只是不願意直接對我殘忍而已。你那時候止住的我的眼淚，我後來還是都還給你了。我那時候說的謝謝你，或許該感謝的，僅僅只是我們遇見。

我愛你，在所有悲傷發生以前；
我想你，在所有悲傷發生以後。

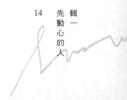

我知道你不是故意的

我知道你不是故意的，你對我好的時候，你是喜歡我的，只是那種喜歡，並不是我期待的那種。

偶爾覺得不公平的其實是，你明明感覺到我是愛你的，可你在我還沒開口以前，你都有權利假裝不知道。你就對我很好，當作補償，可這卻衷心讓我覺得自己特別。

在我知道答案以前，你就已經決定好：「你不會愛我的」，不是嗎？

可能你也不確定是不是自己自作多情了，你可以有你的說法，你總是有你的說法，我每一次都會讓自己被說服。

先喜歡上的人，連要拒絕都會顯得很無助。

到現在我都還不能知道，你是因為我喜歡你，才對我特別一點，還是真的對你而言，我能比她們都好上一些。你永遠都不會告訴

我，我也沒有勇氣開口問。
你愛過我嗎？你自己是不是，也不知道。

「我寧願你從來沒有對我好過。」

多希望我有勇氣和你說這句話，可是我捨不得。我不願意你從來
就沒有對我特別過，不論那是因為什麼原因都好。

你要對我好，你欠我的。

宇宙

每一天
在同一片夜色裡
和你說一聲晚安

那些想念
划著單薄的槳
乘著你的名字的
每個發音
淌過銀河

遲早會到
你在的
星系

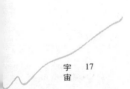

寫一封信給你，好嗎？

久違地想要寫信給你，想起那時候課堂上的熱烈，舉凡如紙條、小卡片、或類似交換日記的筆記本等等。當時尚且不知道我們寫下的，是後來多麼值得珍惜的一部分。青澀的文字在上頭橫衝直撞，不像是說話一樣非得立即地給出答覆，於是深思熟慮後的回答或幽默，都是誠實而真心的交換。偶爾我們也會迂迴，在承認你喜歡我或我喜歡你以前，所有的委婉都顯得幼稚卻可愛。

曖昧的具體是晚餐後的散步，前進時無意間碰觸到的肩膀或指尖：那好像是第一次，還不能確認那種感情是不是喜歡，但我知道，我想牽你的手，很想很想。每一次不小心四目相交，是你發現我正在偷看你、或是你也恰好看向我這邊，每一次都心動。

我不在乎同學們的起鬨，但我會在乎你聽到那些話時，你的表情、你的動作、你接下來要開口的每一句話，對我來說都重要。因為我得收集每一種你可能喜歡我的證據，或是不喜歡我的原因。

並不在意去承認是我先喜歡上你的，因為在你喜歡上我以前、或

是你知道我喜歡你以前，我就已經因為你而快樂。而且跟你說喔，我第一次謝謝爸爸媽媽沒有生給我太聰明的腦袋，於是我聽不懂一些老師上課教的東西。那麼剛好地你就幾乎什麼都懂，又那麼剛好地你坐在我旁邊，再那麼剛好地我喜歡你。我不必編造理由就能去問你問題，因為我是真的不會。

朝著你說話的時候，像對星星許願一樣虔誠。問了問題以後，先鎖定視線在課本上，然後在你解題的時候，就可以光明正大望著你的側臉，我希望對你來說那些題目也是難的，因為我就可以看著你，再久一點。

「……所以就是這樣，剛剛我說的妳有聽懂嗎？」你寫完一連串的數字與公式後對我說，而我甚至已經忘了我問的是數學還是物理。

『蛤？我剛剛沒聽懂耶，這個地方你可以再說一遍嗎？』隨意指向算式裡看起來最複雜的部分，是真的有些不好意思地對你說，

因為好像被你發現，我都只是在看著你，於是你笑得很靦腆，卻又有點賤，賤得很可愛。

「是真的沒聽懂，還是根本沒在聽啊？」你裝作有點生氣的模樣，嘴角微揚。

『不管怎樣，你都要再講一次給我聽啦！』我們都笑了，下課的時間很短，幸福卻很長。

那時候我們要的很少、有的很多，看得見每一種燦爛的以後。

‧‧‧

現在回頭看，其實課本上的題目相對簡單，真正難的是我們之間的問題：人與人的關係不像參考書，往後翻就能找到詳解。或許時間一天一天地過去，就像頁碼，日子過到後來，總能寫出答案。可是感情總是迫切地需要在當下做出選擇，等不及我們變得足夠

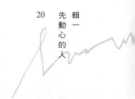

成熟，就得交出太過衝動、感性的答題，於是我們分離。

如果這封信有機會寄出去給你，我想告訴你，我想你了，但不是現在的你，是那個寫數學題目思考時會用手指捲頭髮的你、是那個運動外套上有熊寶貝香味的你、是我記憶裡什麼都好的你。

想當你入睡的枕

想當你入睡的枕
接住你不為人知的一面
口水或眼淚
做最沉默的愛人
等你回家
陪你夜深

接住你的惡夢
還你一個清晨
若有可能
就要這樣
愛你一生

因為是妳，所以

結束了運動的行程，從地下一樓的健身中心拾階而上，短短的路程卻在剛跑完步後顯得漫長，一整天累積的疲憊在此時又回到肩頭，每一步都覺得踏實沉重。

每天臨近下班時間時，就會陷入一次又一次的天人交戰，到底是要直接去吃晚餐之後回家休息，還是要去運動抒發一天的壓力？然後通常會在搭電梯時，被環繞的三面鏡子逼迫檢視自己的樣子，摸了摸稍微凸起的小腹，於是告訴自己「還是去運動吧。」搭配苦笑的表情。

但每次運動完離開健身中心的樓梯上，我總會想：「工作都這麼累了，我為什麼還要這樣搞自己？」這時候通常連笑都笑不大出來了。

外頭還在下雨，已經忘了是連續第幾天沒有放晴的天氣。又一次在雨中的公車候車亭裡等車，木製的座椅早被稍大的風雨淋濕，撐著傘就連滑手機都有些不方便，索性就站著直直地看向對面，

從近到遠分別是：馬路、往相反方向的公車站牌、轉彎處的安全島、馬路、鐵製圍欄、火車經過的高架橋、零星亮著幾戶燈火的公寓大樓，再過去是什麼就看不見了。

一輛區間車用不快的速度駛過，聲音也不大，或許是背景的雨聲將它淹沒，於是不算吵雜。不確定是不是在風雨裡的緣故，不遠處公寓大樓裡的幾處燈亮此刻也有了溫暖的想像：

例如一家人在吃過晚餐以後，在客廳裡看著電視聊著彼此今天發生的事；例如情侶什麼話也不說，悠閒地臥在床上，一個人看著另一個人熟睡的臉，眼裡的光比燈火還亮；例如看著牆上的時鐘，桌上幾道剛剛重新熱好的菜，聽見熟悉的鑰匙聲轉開房門，燈光是等待，妳是答案。

想起五、六年以前和妳的小插曲，也同樣發生在一個突然下起大雨的日子。平時都會記得把傘隨手放進包包的妳，那天卻忘記把晾在陽台的傘收起來，只得急忙躲進附近設有遮雨棚的飲料店，

狀態狼狽。把身上的雨滴拍一拍後，拿出手機，似乎沒來得及多想就撥出那通電話找人求救。

「喂……」或許是電話響了太久，起初的妳有些急促卻還是輕聲地說，雨的聲音在電話那頭顯得刺耳。

『……』接起電話這頭的我卻是一片沉默，剛從午睡中被手機鈴聲驚醒的我還恍惚著。

「你在嗎？你幹嘛不說話？」背景的雨聲讓我幾乎分辨不出妳說了些什麼。

『我在睡覺，剛睡著，怎樣？』喉嚨乾澀的聲音聽來沙啞，語氣裡帶著些許不耐煩。

「喔喔……那我找別人來接我好了，你繼續睡吧！」語調輕柔，可是卻怎麼也掩蓋不住語氣之中的失落。

『什麼？妳在哪？笨蛋，妳出門沒帶傘喔？我去接妳啦！』

「不用啦，你繼續睡吧。我會找到人來接我的啦，不用擔心我。」
妳說不用擔心妳這句話的時候，那種失落可以稍微收斂一點嗎？

『快說在哪？我已經準備好要出門了。』急急忙忙換了套衣服，
隨手拿起一旁的傘，開了房門。

「喔，我在學校附近的飲料店這邊躲雨，你不要太趕啦，小心安
全喔！」彷彿可以看見電話那頭的妳嘴角微微揚起的模樣。

『那先這樣，妳等我一下，別跑出來喔！』

原本走路約 15 分鐘的路程，硬是小跑步濃縮成了 7 分鐘。遠遠
便看見妳用雙手斜斜擋在頭上朝我走來的身影，雖然擋住了妳的
眼睛，卻還是擋不住妳的笑意，明明是淋雨，妳卻好像很開心。

『妳幹嘛走出來啦！我不是說了要妳在那等我嗎？笨蛋！』我急忙撐傘跑向妳，黑色傘面取代了陰雨的天空，好像也隔離了除了我們以外的一切世界。

「你才是嘞！不是說好慢一點來就好嗎？還用跑的，萬一跌倒怎麼辦？」

『因為妳對我來說很重要，所以不想讓妳等太久。』想不到自己也會有說出這種偶像劇台詞的時候。話音剛落，你低著頭，像是突然失去了語言，一句話也說不出來，我們沉默了一會。

『我怕妳不小心淋濕了，所以想趕快送妳回宿舍，不然會感冒……』因為奔跑而急促的呼吸總算平緩下來，說出這個勉強稱得上是正當的理由，不帶太多煽情的字眼。

「喔……我沒有淋到很多雨啦！對不起吵到你睡午覺，謝謝你來接我。」臉頰似乎有些微紅的妳好小聲地說，突然我們靠得好近，

我居然也有些緊張起來。

『沒關係，送妳回去之後可以再繼續睡啊！』輕輕撥掉妳頭髮上的幾滴雨，陪妳說話想讓妳釋懷心裡一點點歉意。

突然有點謝謝這場莫名其妙的雨，讓這條其實已經走過上百遍的路，突然變得有意義。

各自分開以前，還是叮囑了妳回房間以後要趕快洗個澡、把頭髮吹乾，不要感冒。過沒多久，口袋裡的手機震動了一下，是妳傳來的簡訊。在裡頭妳還是很鄭重其事地和我說了對不起，說了謝謝，最後是妳依然不改有些調皮的個性，跟我說下次希望妳也可以接我一次，請我一定要有一天「故意忘記」帶傘出門。

擦乾身體後重新躺回床上，我記得我笑著回傳了簡訊給妳，側著身子一個按鍵一個按鍵地打著字，開玩笑地告訴妳說自己這次真的要睡了，再打來的話就會真的生氣，告訴妳說謝謝妳第一個想

到的是讓我去接妳，告訴妳不用說對不起，告訴妳：

『因為是妳，所以沒關係。』

這裡有你

「其實我平常不太會和別人說自己心裡想的東西，很害怕麻煩別人；害怕開口的話，如果被否定什麼的，會讓自己更難過；也害怕就算說了，得不到任何回應。」

想要對你開口的原因，不只是覺得自己一個人快要撐不下去了，也因為覺得你在我身邊，好像就可以對你依賴。

你不知道，你多讓我心安。

可是我還是會怕自己把你拖垮，像是溺水的人也可能把想施救的人給拖下。我希望你能接住我，又不希望你被我影響，可是世上哪有這種道理？

我的矛盾好像快要殺死我了，在你知道我的這些煩惱以前。

我跟你說「我需要你」的那時候，我並沒有比較好一點。那個瞬間，我感覺自己整個人都要碎掉了。

好像世界已經不能再糟了，可是這裡有你、可是這裡有你，你這麼好。

記得抵達你的方式

日色已沉，不安從午睡醒來後房裡伸手不見五指的黑暗開始延伸。

孩提時期，每逢睡醒時候若是身旁沒有熟悉的家人，對於漆黑環境的不安感、視線可及範圍因仍在半夢半醒間有所限縮，或許還有其實沒睡飽的一些淡薄怒氣。在沒有人注意到自己醒來的狀況下，以響徹雲霄的哭聲迅速引起大人們的關心，向這個家、向整個鄰里宣告自己已從睡眠天使的狀態，再度化身為可愛而精力充沛的小惡魔，是被允許的事情。

小時候擁有哭鬧的權利，了解那些還不知如何定義而親切溫馨的面孔裡，是真心對自己好的神色，所以放心依賴、所以任性撒嬌。然而在那樣脆弱而無知的狀態裡，也無從選擇，只能相信。

長大以後，人自然而然地就多了那種選擇的自由，像是該不該單純地相信眼前對自己好的這個人，像是要不要對他依賴等等。同時伴隨著這些獲得，也失去了許多，成長的代價好像勢必得不斷

擊破些曾經相信的什麼，像是戳破聖誕老人的童話，像是無端地哭鬧後，等價交換來的不再是關心而是責罵。

「沒什麼好哭的。」聽過幾次這樣的話，再任性地哭過幾次以後，以後，人就真的不太哭了，好像就這樣長大了，莫名其妙地。

但情緒還留著，感知的能力還是留著，或許更加敏感，但是不太說了，對誰都一樣。黑暗的環境下，真正使人害怕的或許除了未知以外，還有那些置於黑暗裡，想像的一切好像都有可能發生。

在心中的鬼祟還沒作亂得很徹底前，從被窩裡伸出右手向一旁的柱子摸去，尋到突起的按鈕以後果斷按下。接下來約有 3 秒的時間像是見光死的吸血鬼，用一點疼痛的感覺，喚醒房裡的光明。

看了看手機，已經過了正常該吃晚餐的時間，居然把鬧鐘按掉以後又多睡了 3 個小時。屏幕上顯示有幾則朋友在群組裡傳的訊息，現在還不想要已讀，都是一些瑣碎的日常抱怨。

出了社會以後好像都是這樣，職場上有可以抱怨的事、感情上有可以抱怨的事，所有平凡而顯得重複的日子，都可以挑一些細小的不開心出來和別人分享，然後也會聽聽別人的。最後在這些交流裡，發現自己其實已經把自己過得還算可以。

我和朋友間的連結就是這樣的，不時地拋出一些煩躁的、好笑的話題，或甚至用一個無關緊要的貼圖，並不期待太過用心或精緻的回覆，好比朝著一座無人山谷的呼喊，也只是單純想要那樣做而已，像是證明自己還活著。

能找到一個地方肆意妄言，避難所一樣的去處，已經是生活裡為數不多的小確幸。

明明很餓，可我還沒有想要離開床的意思，從手邊抄起電視遙控器就順勢打開，第一個畫面是電影台正播放著一部不知道能不能稱得上是老片的西洋電影，由安‧海瑟薇主演，片名一時間有些想不起來。

她和男主角在街上爭執，認識許久的兩人像是終於走到了得分開的時刻，他們以最好朋友的角色陪伴在彼此身邊好多年，可是她從他失序的言行裡，不得不承認的是他們已經再也沒有共同語言。男主角大喊著她在劇裡的名字，說他願意道歉，求她回來。而她身著豔麗的晚禮服，踩著高跟鞋回頭逕自給了他一個擁抱，抱得很緊。她在他的耳邊說著話，像從前那樣，只是台詞卻再也不是溫馨浪漫的那些，她說：「我愛你，很深很深，只是我不再喜歡你了。對不起。」隨後轉身離開。

「啊，是《真愛挑日子》！」突然想起了片名，這個片段過後，進入廣告的畫面裡也同樣寫著。忘了第一次是在什麼場合裡看過這部電影，我只記得後來陸陸續續又一個人把它重新看過好幾遍。

我和你說過我很喜歡這部電影，你說你也是。接著我問你，你印象最深刻的橋段是哪裡，我以為你會說是結局，你卻說了剛剛那個片段，和我一樣。

他們跟我們很像，不是嗎？只是當時我們還不知道。

起初相識時並沒有特別注意彼此，是一群共同朋友裡算不上起眼的兩個人，甚至連一句話、一句問候都沒有和對方開口過。還以為此後就再沒有交集的我們，後來因為奇特的理由開始變得熟悉。當然，不像電影裡的開頭那樣激情。

一開始從交心的感情話題開始著手，交換過彼此在情感上的價值觀，而後才慢慢把內容拉回日常的分享。熱絡的訊息來回或許是現代最容易讓人誤以為是愛的行為，傳出訊息以後倒數 3 分鐘內已讀，然後回覆。

我不知道你對其他人是不是也會這樣，可是我不會，只有你。

手指在遙控器上遊走，切換節目。新聞台裡報導今年的第一波梅雨即將到來，呼籲大家出門記得攜帶雨具，也提到某幾個城市有較為嚴重的空汙問題，請該地區的民眾若需要在戶外待上較長一

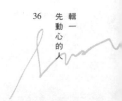

段時間，務必戴上口罩。

地圖上其中一個標示為嚴重空汙城市的地方，在畫面裡或許不到一個手掌大的那裡，住著氣管不好的你。

記得那時候總是叨念著要在自己租的小套房裡買一台空氣清淨機的你，不知道現在房間裡是不是已經有了它的存在？晚上為了通風、也順便省電而不開冷氣的你，把窗戶打開，除了偶爾傳來的救護車的警笛聲讓你失眠以外，還會不會因為過敏而咳到睡不著呢？還有那把我們一起撐過的雨傘，後來你說有一天下班以後搭公車回家，因為公司外頭下雨而從背包裡拿出的傘，卻因為開到住處附近剛好沒雨，你就忘記把它帶下車了。

「嗚嗚，又得花七、八百塊買一把一模一樣的折疊傘！」附上哭泣的表情符號，那時候你傳訊息和我哭訴。我在螢幕這頭笑了笑，傳了幾句安慰你的話和貼圖。

能夠證明我們有所連結的東西，好像都被我們不小心給弄丟了。

偶爾我會相信命運這件虛無縹緲的事，當所有巧合，都指向我們不應該在一起。

當然，前提是你的決定。後頭我聯想的這些，只能算是我事後搜集而來的證據，作為能說服自己的累積。

我還記得你以前租的小房間要怎麼去，沒有地址，沒有訊息紀錄，可我還記得。搭到附近的捷運站以後，從出口處左轉走上一段路後，會看見一座天橋。走上天橋，然後朝著對角線的那個位置走去，下了天橋回到馬路上後就直直地走。接著到了一間連鎖的有機食品店後右轉進巷子，約莫 100 公尺的暗巷只有兩盞路燈，兩側是外觀古舊的老公寓。那一次我走到底，正想傳訊息問你是左邊的哪一棟時，回頭就看見你。

你帶著抱病的身軀走了出來，身上披著很居家的那種外套，口罩

遮住你的表情，眼神善意。我帶著給你買的晚餐，還有稍微放涼了的飲品，也帶著一身歡喜。

我很少記路，大多是因為長時間的習慣，所以不用刻意記得，或是拿著手機用 Google Maps 總能找到地方。可是你住的地方，我只有去過一次，我就記得，記到現在，你都已經搬離那座城市，我還記得。

記得怎麼去那裡，就好像是記得怎麼抵達你。

所以記得路、記得電話號碼、記得社群軟體的帳號、記得你曾讓我知道的所有習慣、記得我們的親近、記得我們的疏離。

記得我喜歡你，以為一輩子只會喜歡你，的那種喜歡。

也記得你說對不起，記得你愛她。

．．．

終於從床上離開的我，打開衣櫥，拿出一件許久未穿的外套，穿上以後照了照裡頭的全身鏡，確認還算能出去見人的程度後，就輕輕關上衣櫃。肚子傳來了久違的咕嚕叫聲，音量不算小，還好旁邊沒人，不然該有多尷尬。

走到門邊收起原先撐開來晾乾的傘，雖然聽著窗外的聲音，知道外頭已經下起小雨，但還是先沿著折線把它完整地收好。你也有這種習慣，你說是一種儀式感。我覺得沒有不好，所以就把它學了起來，像和你又近了一些。

樓下最近開了一間吉野家，由於新開幕的關係，近期用餐時間的排隊人潮總是讓人卻步。而現在因為距離晚餐時間有點遠了，嶄新而敞大的空間裡，只有零星一、兩個人在座位上用餐。

擔心著等下只剩自己一個人在偌大用餐區裡吃飯而尷尬的我，和

環望四周後發現除了超商之外沒有其他選擇而絕望的我，遲疑了5秒後，還是走進了點餐區，迎向了帶著標準笑容的店員。

點完餐後先是到一旁的座位等候，這時剩餘的客人像是約定好似的，在差不多的時間起身，用衛生紙收拾好桌面上的小髒亂，拿起裝有餐具的盤子，走到碗盤回收區，然後輕放離開。

這個明亮寬敞的空間，此時真的只剩下店員跟我了。

手邊貌似遙控器的東西開始震動，提醒著我該去領取自己的餐點。回到座位以後，將丼飯和餐具擺放好，我準備脫下外套開始用餐。習慣性地先摸了摸口袋，確認有無需要拿起來擺在身旁的東西，結果摸到一張皺皺的發票。

日期是前年的冬至，上頭店名是台一牛奶大王，費用是兩碗湯圓的價格。背景是洶湧的人潮，角色是我和你。

那時候我們聊著什麼呢？現在想起的卻多是人群的雜音。因為人很多的緣故，我們靠得很近，為了聽見彼此說話，就有正當不過的理由，能離你近一些。好像是第一次那麼近地看見你的側臉，有股衝動想要把喜歡的心意說給你聽，就藏在你或許聽不見的這裡，我會把話說得很小聲、卻很堅定。

「我喜歡你。」

或許你會假裝沒聽到，這樣也好；也或許你只會聽見一點輕微的尾音，然後你會問我說我剛剛說了什麼，我想我就再沒勇氣告訴你。

好懷念喔，懷想著明明一點也不特別的場景，卻如此念你。

我把那張發票的皺褶壓平，小心地放進了錢包的夾層裡頭，像是藏著什麼不可為外人知的珍寶。接著把錢包擺到桌子右側，拿起湯匙，總算可以開始今天的晚餐。

你應該吃飽了吧，或許已經睡著。

今天我沒做什麼，睡過了大半天。可是我很開心，我希望你也是，
真的。

後遺症

找不到鑰匙
以為有門
有天總會就
能出去

停在這裡已經
好久好久
想像的問題都
沒有發生

沒愛到最想愛的
那個人
還以為沒關係
沒關係

電梯向上

不小心睡過頭了。

記得上次這樣驚醒好像是大學的時候，一個重要科目的期末考，結果手機的鬧鐘被自己在半夢半醒間按掉，再一次醒來時，考試已經開始 40 分鐘了。

那次，我急急忙忙衝到教室拿了考卷，已經顧不得全身是汗，喘氣聲迴盪在整間安靜的教室裡，使盡洪荒之力寫了當下我看得懂的一、兩題。下課鐘聲在我抵達教室後的 15 分鐘後便響起，最後在考卷上寫下我的系級跟姓名，和我的不甘。

從現在的家裡到公司得騎上 30 分鐘的車，於是驚醒之後跳下床加上盥洗的時間，我只用了 5 分鐘。匆忙抓了摩托車鑰匙，拿了冰箱裡前一天提前做好的早午餐，就狂奔山門。

在公司停好車以後，看了手機一眼，螢幕上大大地寫著 10:37。急忙跑到電梯門口，居然還有一些人在排隊。左邊那部電梯來了，

隊伍依序往前進，多數是我沒見過的人，也許是公司的訪客。等到我前面那個人進去以後，電梯剛好就滿了。

門口的男生指了指一旁的位置，好像說著擠一擠就可以，但我笑著揮了揮手，說：「沒關係我搭下一班就好，謝謝。」電梯門緩緩關上，我繼續滑著手機等著。剛剛因為說那句謝謝而禮貌的笑容隨即收斂，耳機裡的音樂隨機播放到某一首我熟悉卻想不起名字的歌。

明明已經遲到了、明明今天在起床後幾乎沒停下來過的我，卻還是不想在一早就把自己塞進太過擁擠的空間。「就算我剛剛進去，應該也不會超重的吧！」滑著手機我不禁想，然後為自己這種莫名其妙的想像覺得好笑。

沒多久後，中間的電梯先到了，我成了第一個進去的人，遂站在門邊負責按著「開」的按鈕。等到視線所及的人都已經進來，鬆開按鈕，門慢慢關了起來。這時候有個聲音從稍嫌擁擠的左後方

傳來。

「不好意思，可以幫忙按一下 12 樓嗎？」

是你。

電梯緩緩地上升，我將耳機拔下，回頭想確認那個熟悉的聲音，結果一眼就看到你。你還是一樣，休閒襯衫加上牛仔褲，笑起來還是一樣好看。和你說過好多次，問你可不可以哪一天換一下其他造型，你都說你覺得自己這樣沒有不好，說你習慣、你喜歡這樣的自己。「好啦，你就衣架子，反正穿什麼都好看。」我開玩笑似地調侃了你，其實我舌尖下藏著的話是：我也喜歡這樣的你。

你將自己被「困」在人群裡的手拯救出來，和我打了招呼，用稍微誇張了些的唇語說：「早安，幫我按！」這一次我是真心地笑了，把識別證刷過以後按下 12 樓，心想原來遲到也是有好處的，至少這次不是刻意去遇見你，是真的不小心。

最近的我們有點生疏，像是慢慢變回一般同事。如果時間可以倒退的話，我能預想到現在的情況，我想我還是會和你告白。我討厭現在這樣的我們、我討厭逐漸疏遠的我們，可是對於喜歡這件事，你對於我們之間關係的解讀、你心裡的答案，我想並無關於我坦白的時間早晚。

所以我還是會說，所以你還是不會喜歡我，故事的起始和結尾都已經決定，我們也只是在讓過程變得好受一些。

電梯裡，你手裡抱著的全罩式安全帽讓我想到，有一陣子你總是不斷在我身邊叨念著要我把安全帽換成全罩式的，說是那樣比較安全。一來覺得有些太重，二來覺得全罩式都有點醜的我，常常只是翻著白眼，一副「你又來了」的表情，假裝不耐煩地說「好啦好啦！有時間會去買啦！」然後你會露出無奈的笑，你知道我沒有聽進去。

那幾個月裡，我其實有看到幾頂好看的全罩式，但我沒買。

我喜歡這樣的來回、這樣重複，我喜歡你關心我，我想要你總是有理由可以和我說話。

還有一段時間裡，我們偶爾會一起騎一段路回家。在經過市民大道以後，你會騎基隆路，而我往東去內湖。

我們會在各自的車上，隔著馬路聊天，而你總是調侃我那時有些故障的安全帽。因為螺絲鬆掉的關係，前面的擋風鏡會一直自己掉下。有時說話說到一半，它就會自發性降落，像是唱 KTV 唱到一半被卡歌那樣，我表情無奈的時候，你笑得燦爛。

有一次遇到一個秒數好長的紅燈，於是我們又停下來聊天。話題是什麼我記不清楚了，我只記得那時候你剛說完，我正要開口說些什麼的時候，你突然笑了，然後把手伸過來，輕輕把我安全帽的擋風鏡給蓋下，說：「綠燈了，走吧！」

你或許不懂吧，這些對你來說可能只是隨意而為的舉動，我都會

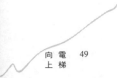

記得很深。在你心裡，這樣稱得上是曖昧嗎？我不知道，可是這些瞬間裡、這些瞬間外，我都同樣對你動心。

和你告白以後，再回想起以前相處累積的種種，我才知道：原來那麼多的曖昧橋段，是真的累積不來我要的愛，和你可能在我身上怎麼也盼不到的那種心動。

這部電梯裡頭的擁擠，和其他陌生人的靠近，只有我們相互認識。

你一定聽過類似的「孤島問題」吧：如果世界上只剩下幾個人，再漂流到無人島的這種假設。我想，如果我們的世界只留下這個立方體的空間，你或許就會愛我，或許。

「叮！」一聲，12樓到了。我看著按鈕上的紅色邊框被消除，心裡突然冒出一句話：「到達是一種抵銷。」門口的人先走出門外、站到一旁，讓裡頭的人能夠出來。你將「不好意思」與「謝謝」反覆說著，才順利地走出電梯。

我還要繼續往上搭，於是和你說了掰掰，笑意真切。
再說幾次「掰掰」這類象徵道別的字眼，我們就會遙遠到連說這
些的機會都沒有了呢？

電梯向上，心情向下。

想要肆無忌憚讚美你的眼睛

要從哪裡開始說起好呢
不能過於謹慎
不能流於情色
那不妨讓我直白一些
我喜歡你的眼睛

媽媽說
要直視別人眼睛說話才有禮貌
可是我怕走得太深
如果走不出來
你會願意讓我
就那樣住在裡面嗎

媽媽說
要直視別人眼睛說話才有禮貌
可是她沒說過
如果遇見眼睛也會說話的人

我該聽你口中的話
還是該聽你眼裡的聲響

你知道嗎
真正的喜歡都帶點占有
牽手擁抱親吻愛撫做愛
所有天衣無縫的隱喻後面
都是一張雙人床
躺著最真實的慾望

但在那以前
在一切占有以前
想要肆無忌憚地讚美你的眼睛

要到哪結束才好呢

下午 17:07 已讀

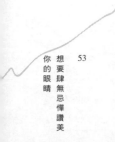

你對我好的理由

最近總是有點心不在焉，有點不像自己。

所有同事都覺得意外，平時工作上看似嚴肅而精準的人，突然變得脫線，做出許多讓人發笑的事。因為自己也實在很無言，所以就索性在社群軟體上發文公告天下，讓大家發揮愛心，能關心一下最近的我。

事情是這樣的，連續發生。

某天下午我穿了運動服裝到了健身房以後，才發現自己沒帶鞋櫃的鑰匙。晚上下班後終於和約了好久的朋友吃上一頓飯，結果我沒帶錢、沒帶卡，連摩托車鑰匙都沒帶，只帶了手機跟我的本體。朋友還取笑著說：「就算想讓我請客也不用這樣吧！」我一臉尷尬地笑，想為自己爭辯些什麼，都覺得有點無力。

接著是隔天早上睡得太晚，飆速趕到公司後，才發現自己連識別證都沒帶。更慘的是，昨晚把錢包遺留在公司座位上，於是身上

沒有任何證件得以證明我在這裡工作。所幸還有手機可以求救，急忙傳了訊息請同事下來救我，這才在警衛伯伯的目送下，像是闖關似地費盡千辛萬苦進了公司。

明明我只是要來上班，怎麼如此艱辛？

經過會議室時，原先和客戶正在開會的老闆看到了我，然後看了看自己的手錶，眼睛睜得很大，不用說任何話，就好像能看到他想對我大吼：「現在都幾點了，妳才來上班！」我持續昨晚尷尬的笑，迅速地回到我的座位，一個讓我格外安心的地方。因為在這裡，會議室的人看不到我。

接著來到了故事最匪夷所思的地方，我又到了健身房，準備抒發一下一天的小小不順利，志得意滿地從口袋拿出了鞋櫃鑰匙，想說這次可沒忘記帶什麼東西了，吧？

這次，我連運動服裝都沒帶。

人家都說，真正的朋友在你跌倒的時候，會先大笑一番，但最後還是會把你扶起來。跌倒是一種具體化的表現，舉凡是發生很衰的事也應該可以比照辦理，意思是嘲笑完總該還是要安慰一下我吧。

我的朋友們大部分都沒有，他們只負責笑的部分，你也是。

你照慣例地嗆我很蠢，我不甘示弱地回嘴說：「起碼我工作的時候還是很認真、很仔細好嗎？」隔著螢幕，好像都能看到你露出帶點不屑的笑容：『沒有啊，妳好像對自己有點誤會，妳平常工作的時候不就是都這樣嗎？笨笨的！』還附上五個爆笑的表情符號。

是啊，或許真的是這樣吧，我選擇讓你看到的模樣，你都了解；我願意讓你知道的喜歡，你都知道。曾經有新來的同事看見我們之間的互動，問我：「你們是不是已經交往很久？」

我其實很開心，卻又覺得有一點絕望。

不只是我對你的主動，旁人也看得出你對我有一點特別，和你對其他女生的態度不同。可是我們好像永遠就只能在別人眼裡登對，而實際上的我們成了什麼樣子，只有你跟我知道。

不知道你還記不記得，我們剛認識的時候，前年四月底。那次你因為臨時被通知排到了太魯閣的入山證，週五就一個人出發到花蓮玩。不確定當時的自己是怎麼想的，或許是想要趕緊在這個心儀的男生心裡留下一席之地，於是就毅然決然地撥電話給你，陪著你在車上一路聊天到花蓮。

過程裡你開著視訊，像是你帶著我走在你身旁那樣，陪著你下火車、陪著你找到晚上投宿的飯店、陪著你走進房門。那時的你說手機像在發燒，還只剩 1% 的電量。你說你第一次和女生講這麼久的電話，說謝謝我陪你，說讓我早點休息，說晚安。

後來的某天，我開會結束回到座位上時，赫然發現桌上多出一盒沒有署名也沒有小紙條的抹茶巧克力。我問了幾位坐我旁邊的同事，可她們都說完全沒看到是誰拿來的。

莫名其妙出現的巧克力，雖然外觀包裝很完整，且是在公司裡頭，但我還是有些小擔心，遂先擺到了一旁，繼續了那天尚未結束的工作事務。過了約莫兩個小時，桌上的手機突然一震，是你傳來的訊息。

「妳桌上的抹茶巧克力是我給的。」就傳了這麼一句，言簡意賅。

想起僅有的一次，我在你面前提到了喜歡抹茶這件事，你悄悄記得。還用有點彆扭的方式，在經過一段時間後才告訴我，像是怕別人搶走了你的功勞、又像是怕我不知道你的用心。

我對你好的理由，是因為我喜歡你；你對我好的理由，是什麼呢？

是不是也是因為我喜歡你呢？因為我先對你特別了，所以你才願意對我不同一些。

像是一種公平的來回，你總是想把得到的愛，盡可能，都還給我，用你能力所及的方式、用你覺得好的方式、用以為我不會受傷的方式。

可是這些來回的前提其實是我們都沒把話給說破，在我沒有真正告訴你我喜歡你以前，我們讓彼此在特別的境遇裡享受曖昧，在曖昧的相處裡享受特別。可以擁有像是情侶間的互動，只是不擁抱、不牽手、不親吻，比朋友更頻繁地交換訊息，比一般同事更多地了解彼此工作以外生活的近況。

我們報備行程而不互相干擾，我們表面親暱而不相愛。

我們擁有成年人的感情觀，在可能可以稱為各取所需的範圍裡，如果不去要得更多，或許在彼此遇到所謂真愛以前，在你遇到真

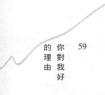

命天女以前，我們就能一直這樣下去，其實是幸福的。

在往後我們越發遙遠的關係裡回望，其實已經是我能陪伴你、我能擁有你，最幸福的，那段時光。

我在我以為最有機會的時間點和你告白了，而一切也都只是我的以為。

你說你受寵若驚，說很謝謝我的心意，可是你說你現在喜歡一個人的自由，不想要進入一段關係而受到限制，所以不想要交女朋友。而你希望你做出這樣的選擇以後，並不會讓我們之間的關係變得尷尬，希望我不要改變和你的相處模式。

最後我們擁抱，我們分開，說「明天見」。

所謂不變的相處模式，是從變得熟悉以後，我們每天會在辦公室裡吃東西、聊天半個小時左右，而一個禮拜裡有兩、三天的深夜

會通電話，時間約莫一個小時不等，LINE 的訊息從來沒有停過。

我沒有變、我不想變，我還想要是那個對你來說特別的人。
可是說好聽的話的人是你，變的卻也是你。

這是我的絕望，在別人眼裡還是很好的我們，內裡已經疏遠得可
以。而因著同事們那種美好的想像，我就覺得好傷心，可是無能
為力。如果我再多做一些什麼，再試著完滿自己的心意，好像就
會傷害你的決定、損壞你的溫柔。

所以我就只是一動也不動，由你伸縮我們之間的距離。像是在玩
一二三木頭人那樣，只是你一直沒有回頭，我只能以為遊戲還在
繼續，也不敢多向你要求什麼。

我想，或許我們都不夠寂寞吧。

所以擁有那麼多曖昧以後，你還是不能愛我；所以在這些傷心以

後，我還是沒忘記你。

或許我們都不夠寂寞吧，你更愛自己，我還愛你。

輯一
先動心的人

你放心

你給我
火柴一樣的希望
把黑夜一下點亮
就那麼一下
於是後來的我
學會怕黑

不用擔心
我沒有和別人說
說你其實不是太陽

你可以放心
去其他地方發光

不擅長的事

稍遠處傳來薄弱的踢水聲，由聲音大小大致可以猜測出水花濺起的高度，以及現在裡頭的人數多寡。越是走近，不只是聲音，連氣味也愈加明顯，是泳池經典的味道，含氯的消毒藥劑和一點涼爽的想像。

「太棒了！今天沒有孩子們的游泳課！」他在心裡悄悄歡呼，遞給門口查驗票證的打工學生定期票時，臉上還是不禁露出了比平常更燦爛的笑容，連謝謝也說得特別用力。還以為是一早就發生了什麼好事，一掃因為早起而有些頹靡厭世的神情，卻未曾想過是因為能不聽到孩子們過度興奮的吵鬧聲，而暗自竊喜。

他並不著急，在空無一人的更衣間裡，褪去衣物換上泳褲。感覺自己像是近期偶像劇裡男主角早起時淋浴的場景，緩緩轉開淋浴的蓮蓬頭開關。起先站得遠遠的靠緊牆邊，伸手先試了一試水溫，確認不會太冷以後，才站到中間，任由稍帶涼意的清水沖打到自己身上。

當然，除了時間點或許相似以外，戲劇畫面裡男主角俊秀的臉龐、結實的身材，他一點也沒有。

「喔！還是有點冷！」沖水完畢推開門走出淋浴間時，他嘴裡嚷嚷著。步伐隨之更換為稍快的小碎步，他想要儘早進到泳池裡頭，讓自己習慣水溫，動一動就比較不會感覺冷了。經過一長排鏡子的時候，他忍住身體因為冷而不自覺地輕微顫抖，在那比劃了下自己最近健身的成果。

在這個沒有其他人的時間點，他做了幾個健美動作，以為自己到了某種健美比賽的場合。上大學以後就幾乎不太到戶外運動的他，內裡的膚色顯得白皙，在更衣間的燈光照耀下，倒有些透亮。因為夏天又要到了，近期他比平時更努力上健身房，一些肌肉的線條變得明顯許多，可也不到令人吃驚的地步，他自己卻已經得意到不行。

將更換的衣物、眼鏡和手機都塞進小背包，放置於泳池邊的置物

櫃裡。兩個快速水道已經有人使用，一位是常見到的伯伯，視覺年齡大約在 50 歲左右，看起來有些年紀的他，身材卻是一點也沒走樣；占據另一水道的則是一位年紀或許與他相仿的女孩，用簡潔標準的自由式，姿勢優雅卻不失速度地游著。

他到了最旁邊顯得寬敞的一般練習水道，有一對爺爺奶奶在一旁像是剛游完一段較長的距離，停下來聊著各自的兒子如何、孫女如何，說是孩子很調皮都管不動，可是表情裡的笑意卻是怎麼也藏不住。

初下水時的溫度對他來說還是偏冷，將整個身體浸入水裡，讓自己較快適應水溫以及在水裡需更換的呼吸方式。而後戴上蛙鏡，是去年為了與朋友到澎湖玩水而特地去買新的。第一次買了有度數的，畢竟近視度數隨著年紀的增長，對於手機和電腦等的更加依賴，也增加了不少。

——吸氣，然後，開始。

他其實不太會游泳。

小學的暑假，他看到鄰居哥哥都會在天氣正熱的午後時間，拎著一袋游泳的服裝配備，然後騎著腳踏車就自己出發到小鎮裡剛設立不久的游泳館。

不曉得是羨慕那種自己想去哪就去哪的自由，還是跟屁蟲的心態作祟，他和媽媽說他也想要學游泳，還煞有介事地引了當時很常出現的溺水新聞為由。鄰居阿姨也在一旁幫腔說，讓孩子從小把游泳學好，長大他們跟朋友出去玩水，我們做父母的也可以比較不用擔心。

於是他就順利地讓媽媽為他繳了 5000 元的教練課費用，在當時其實是不小的一筆花費，但媽媽因著孩子的願望還是付了錢，只是每次要上課送他到游泳館時，都會耳提面命地跟他說這麼貴的課，一定要好好學習！

事實上，他一開始的時候真的有想要把游泳學好，和一群小夥伴們認真地上了前面幾堂課，但是他漸漸發現自己跟不上其他人的進度。他很是沮喪，可卻也不敢和有點凶的教練開口說他還是不會。

後來他選擇了最簡單的方式，就是放棄。

他還是會在課堂的時間請媽媽載他到游泳館，可是等到媽媽回去以後，他就會自己溜到一旁玩水，還要時不時地看一下教練有沒有往自己這邊看。於是他學會了踢水、學會了划手、學會了換氣，只是當要把這些通通連貫起來時，他就沒轍。

也因此在國高中的游泳測試裡，他總是想盡辦法讓自己缺席：包括假裝自己跌倒受傷，在膝蓋上綁上醫療用的繃帶，而且裡頭那層棉花還用了優碘綴過顏色，講究逼真；包括明明平安無事地上過了前面兩堂課的時間，結果等到老師宣布要開始考試的時候，他就開始自發性地咳嗽，而且還是感覺特別嚴重的那種，重點是

越咳越靠近老師。當老師終於注意到他，問他說他還好嗎，可以考試嗎的時候，他就會先停一下。然後在回覆老師的回答裡，硬是把「老師，我可以。」這麼簡單的答案，咳成十幾個音節。最後老師就會溫柔地請他上岸先休息，奇怪的是他一上岸就不咳了，連演戲都不演全套，可老師從來沒發現。

但他不是討厭，他喜歡把整個身體置放在水裡的感覺，他喜歡明明是在運動卻不會流汗的感覺。相較於跑步，同樣是重複做著相同的事，他更喜歡游泳。

偶爾人會笨拙地做著不擅長的事，好像不斷地練習也並沒有好上一些，但還是喜歡。對他來說，游泳是這樣的一件事，不擅長，可是喜歡、真的喜歡。

小時候跟著其他小朋友一起學習，他總是先著眼於別人的進步，先看見別人的好，卻不知道自己其實也在前進著：慢慢地踢水、慢慢地划手，在換氣時還有時會被水嗆到，可是還是進步著。看

著其他的人都游得比自己快、比自己好，也沒有勇氣和教練請教自己的問題。

於是那個小小的自己，就像被永遠留在那裡，只是羨慕著別人，像是自己永遠學不會。

長大的路程裡，幾次在不同城市的游泳池邊，他也曾經埋怨過那個放棄的自己。或許那時候的他堅持了下來，他就不會總是得在朋友說要去哪裡玩水、游泳的時候，宣稱自己不喜歡，拒絕他們的提議。但他在那些抱怨以後，也會想到當時那個小小的自己，心裡的不安、對教練的恐懼、對自己的失望、對為自己繳錢的爸媽的歉意等等，選擇放棄的他不也同樣承受了這些嗎？

當時的他，沒能做的其他選擇，或許是對的、卻對那時的自己來說太難的那個選擇，他現在做了。

他現在做著喜歡的事，承認自己的笨拙，50 公尺的距離有時還是

會因為換氣不順而中途起身的自己，這樣的他還是練習著這樣不擅長，卻喜歡的事。

或許是先嘗試過放棄，所以後來的偏執或專一，都是其來有因。

在放棄以後，還能因為更確認自己其實喜歡而拾回的人事物，何嘗不是一種幸運？

照著自己的步調緩緩地游過了四、五趟後，他在岸邊靠著牆壁稍作喘息。爺爺奶奶還在聊著天，腿的部分則是在水下進行伸展著，話題好像從兒女的身上回到自己的老化，說是記憶力最近又是怎樣衰退、說是樓梯走沒幾步就得停下休息等。一個人說，然後另一個人安慰，是這樣可愛的反覆。

把蛙鏡先拿了下來，掛在脖子上，肉眼所見雖然模糊，可是卻有不一樣的透澈明亮。早晨的室內泳池有一邊的角落，在不夠清楚的視角裡看起來竟像是天堂一樣：陽光透過斜上的天窗照射進來，

水裡的粼光被窗的隔間切成大小不一、形狀多變的格子，像是人們的心事被切成一格一格的，每一格裡都藏著不同的故事。而隨著時間的進展，也會像是光影的變化那樣，對於人們的重要性，會隨之重新更換為不一樣大小的儲藏間。

因為平時上課的時間不同，來游泳的時段也就都不太一樣。並不是第一次早上來，但卻是第一次見到這樣的景色，稱不上是絕美，卻意外地使人感受安穩，陽光、空氣、水好像就在那一幕裡有了至高的平衡。

沒有緣由地，他想起了她，他也想讓她看看這個畫面，要把所有的一切都包含，包括爺爺奶奶分享的瑣碎日常、包括泳池裡因為踢水或換氣而得以存在幾秒的微小氣泡、包括因著陽光的照耀而溫暖發亮的這些，他都想要和她分享、他都願意和她共有，他所有好的一切。

他在心裡攢下的不僅是太多想要對她說的話，更多的是他所遭

遇、所見所聞的生活周遭裡最為美好的那些，他總是這樣記著。

他不知道什麼時候自己能有勇氣告訴她這些，也不知道她會不會對太過繁瑣的細節感到厭煩，他只是想要把夠好的這些都先為她留著，如果有機會，他要都讓她知道。

關於這個世界他見到的好、關於他所珍惜重視的、關於他的喜歡，如果有機會，他想讓她知道。

他又開始游了，游過有陽光的地方，他就游得慢一點，像是被祝福那樣，感受溫暖，好像就能把這種安穩多留著一些。用相機記不住的、用語言乘載不了的，或許有一天，他希望能由著這些祝福，能夠讓她也清楚。

起身離開泳池的時候，原先在聊天的爺爺奶奶已經不見蹤影，想來是已經結束了早晨的運動，也和朋友交換完最近發生的日常，各自回家含飴弄孫去了。令人驚豔的光影秀，由於天氣突然變得

陰陰的，也就提早落幕了。

他簡單地洗了澡，用浴巾把身體擦乾，在穿上上半身的衣物以前，推開淋浴間的門瀟灑走出。他再次回到使他自戀的寬大鏡子前，拿出手機，準備來張運動後的認證照，是他的例行公事。

前後鏡頭的切換、各種刁鑽角度的嘗試，在他還意猶未盡想多拍幾張來挑選的時候，有人進來了。他裝作若無其事的模樣把手機放到桌上，這才拿起吹風機開始把頭髮吹乾，把身上餘下的水珠給擦掉，穿上衣服離開疑似為走秀後台的現場。

搭上回程的公車以後，他坐在座位上，將身體倚向窗邊，試圖不讓前後左右的其他乘客看見他的手機屏幕。接著「勉為其難地」從相簿裡剛剛新增的 30 多張照片裡，花 5 分鐘選出一張線條較為明顯的，再套上濾鏡，然後隨即上傳到限時動態裡。

在下車以前，他看了一下目前限時動態已被哪些朋友瀏覽過，一

眼就看見了她的頭貼和熟悉的帳號。

他知道這明明不算什麼，可是他還是好開心。

游泳和喜歡一個人，都是他不擅長，卻好喜歡的事。

花開

想你的時候
就會偷偷地在心裡
為你開一朵
平凡的小花

等到真正見面的時候
我會笑得很靜
一如我們的相處
清淡蒼白

可你見不著的那面
在我身後
滿山豔開
一眼春生

多希望你知道這樣的景色
想你了解我的心意

而你總是不在
而我還是記得
為你盛開

不管你來
或不來

我在離你有點遠的地方，有點傷心

「妳還喜歡他嗎？」在最後一杯酒喝完以前，坐在一旁的多年好友帶著似笑非笑的表情，開口問了我這麼一句。她了解我所有的生活概況，唯獨不清楚你。

已經好久沒有對別人說起你的事情了，這次也不會。只是想起你並不是其他生活裡任由我掌控的那些事情之一，是我自己開始的，可我不能說停就停。

隨意說些什麼對她敷衍了事的我在想著、離開酒吧搭乘往下電梯裡的我在想著、站牌處看著手機等待公車的我在想著、轉搭上回程火車的我在想著、在身上遍尋不著剛剛放進口袋裡的悠遊卡的我在想著、望著高架橋下夜幕裡開始降落的雨的我在想著。

想著不知道還能不能稱得上是喜歡的那個你。

時間一旦變得很長，有些事情就會開始變得難以分辨，例如不知道還算不算是真的喜歡，或我只是習慣了自己「喜歡你」這件事。

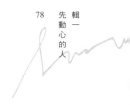

喜歡一個人 5 年的時間，就現在的我們而言，在與自己歲數的比較裡，會覺得好長，占據了超過自己五分之一的年歲。可是如果年紀大一些，比如我們 50 歲了，那也不過僅是十分之一的自己，所以一切都是我們太年輕。

不過這樣的假設有個前提，就是我能把對你的喜歡就此止於當下，才使得 50 歲的我只有用那 5 年的時間來愛你。

前提太難，就此作廢。

從未停止過的時間，目的地一直不變，乘上流年，卻也沒能把我載得離你近一些。說不上是一直很遠，幾次我找到機會能夠主動傳給你訊息，那些在我見到訊息已讀而你尚未回覆的時間裡，我就覺得我們好近。

我知道你會回我，因為我沒有說什麼讓你不知所措的話，例如我喜歡你。

所以在那些時間裡，想著該回覆我些什麼的你，有那麼一點屬於我。

從火車站出口走到第一個紅綠燈街口，原先以為只會是毛毛細雨的天氣，突然就變得有些滂沱。拿出背包裡總是備著的傘，按下需要出點力道才能壓下的按鈕，在小綠人開始行走以前，為自己撐起一片不被淋濕的可能。

夜裡，雨剛開始下的時候，一滴一滴落到原先灰色的路面上，被橘黃光色的路燈點亮，一點一點的像是映在人間的星星。再過幾秒之後，整片路面就都成為星空，汽機車快速行駛過積水水窪時濺起的水花，就化作流星雨。在陰雨雲層厚布的天氣裡，算是一種苦中作樂的想像。

經過重重的關卡，用手裡的感應磁扣成功嗶開最後一道門，也正式宣告週末的結束。換上室內拖鞋，經過浴室時，發現出門時因為趕時間而沒擺好的毛巾，還是不對稱地掛在那裡。還好沒有被

擺正，不然我真的會怕。

雖然等一下就要洗澡了，但還是先把它弄得整齊，至少看起來順眼許多。我們之間的關係，或許也像那條沒被擺好的毛巾。兩個人眼裡所謂的「整齊對稱」，在主觀上本來就有些差異，我想要努力拉平整的地方，也許你眼裡已經是對的位置，所以我們在拉扯之間，就不斷維持原樣。

我們之間什麼事也沒發生，明明沒有人做錯什麼，可我們還是離得越來越遠了。 也或許正是因為，什麼事也沒發生吧。

把背包卸下在木紋質地的地板上，牛仔外套脫下掛在椅子上頭，調整皮帶的鬆緊，輕輕地把自己丟到熟悉的床上，讓它擁有我，像被擁抱。雨滴擊打在鄰近住宅的鐵皮屋頂上，像是一首不協調的曲目，不管怎麼努力都像是噪音，可我已經懶得再起身去將窗戶關上。

你啊你啊，現在好嗎？外頭下起雨了，你如果還在外面，有記得帶傘嗎？如果已經像我一樣，回到自己的小房間裡了，你睡著了嗎？最近天氣變化好大，總是看那種不準的天氣預報的你，該不會感冒了吧？以前在這個時間點，總會專注在和彼此的對話框裡的我們，你會懷念嗎？

說真的，在你不經意離我太近的時候，我想過。

我想過要和你一起變老：想過在晚餐以後都能一起散步，想過在下班以後可以一起看場電影，想過在小跑步過紅綠燈後一起大笑，想過如果下雨的話就一起撐一把傘，想過在浴室裡有些擁擠地一起刷牙，想過在沙發上看韓劇結果一起大哭，想過在某座城市裡有一個不算大但一起住的家，想過一起睡著、想過一起賴床。

想過在好累好累的時候，你會對我說：「走，我們回家。」

再說一次：我想要和你一起變老。

想要每一次晚安你都能抱著我說，可能有幾個晚上你因為工作好累，會不小心先睡著，我會假裝有點生氣，然後轉頭瞪你，但你已經睡得好甜，像個孩子。我就可以偷偷親你，偷偷原諒你，跟你說沒關係。

如果我們一起變老的話，我們還有好多好多個明天，明天我也會這樣喜歡你，希望你也會這樣相信。我們要走到好遠好遠的以後，再一起回頭笑現在幼稚的自己，還會牽手、還會擁抱、還會喜歡這個你、喜歡這樣的自己。

我是這樣想過你、想過我們，是在這樣太多一個人的時間裡，偷偷把你想成我的。

而我知道我們還是遠的，依照你的意願，我們還是那種不會聯絡的朋友。通訊錄裡有你的電話、聊天紀錄裡有你的名字、追蹤名單裡有你的帳號，可我們已經好久沒有說話了，好久了。

一個人要把自己過好，其實真的不難，生活不自覺地就會逼著我這樣做。有太多無法不去顧慮的人事物，家人、朋友、同事等等。更何況喜歡一個人的基本道德，或許底線就在於該把自己過好，因為喜歡你、不得你，而讓自己變得糟糕，你何其無辜呢？

我不想要關心我的人，會因為我過得不好，就把你想成不好的人，我不要。

所以就算還是會不免想起你，我還是過有自己的生活，有無關於你的快樂，也有無關於你的悲傷。

躺在床上，望著直視時略顯刺眼的日光燈，朝著這樣的距離裡碰不到的天花板，我伸出手，像是你會在光的那邊，溫暖光亮、遙不可及。

好像終於明白，為什麼自己永遠成為不了你的追尋。

因為你喚或不喚我的名字，我都為你等在這裡。
我在離你有點遠的地方，有點傷心。

我
在
離
你
有
點
遠
的
地
方
，

有
點
傷
心

好想變成星星喔

星星不說一句話
可你愛它
它又不愛你
可你愛它

它都死了
你為什麼不愛我
是不是我
太吵了一點
我想你我愛你我喜歡你
原來你不喜歡聽

煩死了
好想變成星星喔

你愛過我嗎

我在或不在，其實你都不在意。

你是少了誰都可以過得很好的那種人，你好像活得比誰都驕傲，可你骨子裡卻那麼自卑。太多害怕自己做不好的事，於是你就停止、你就排斥。

你想要別人愛你，同時害怕有人愛你，你用了好多不同的理由拒絕，你的情傷、你的內疚、你的脆弱，你說得好像你什麼都沒有。

你像是一道出錯的題目，我怎麼寫都不會有正解。

你擅長表演，有時候我也不懂，你缺乏的是愛？是安全感？還是同情？

你愛過誰嗎？除了自己。
你愛過我嗎？像我愛你。

他已經會討厭這樣的自己

「⋯⋯不知道耶，可能是因為前一段感情實在結束得太莫名其妙了，所以我才一直不敢再找新的對象。還是會怕吧，怕又像上次那樣，明明直到最後我都真的給了所有我能給的，她說的什麼我幾乎都答應，最後她卻還是找了一個隨便的理由說要分手。那時候你們在群組裡都說什麼『感覺就是她已經有新對象了』，我還為她辯解應該不是。後來大概不到 1 個月吧，她就和現在的男朋友公開交往了。」

他邊說著話，手裡的動作倒也絲毫沒有落下，接到電視螢幕上的遊戲畫面精緻清晰，是他用年終晚會時抽到的獎金買的 Switch，遊戲是 NBA 2K19。

『看我切入得分，YES！反正我看你單身也是滿開心的，平常下班以後吃完晚餐，要嘛直接回家洗澡睡覺，要嘛就躺在床上用電腦看電影、追個劇之類的，現在還多了一個選項：玩 Switch！「一個人」對現在的你來說，好像也沒什麼不好的。除了這種生活是真心讓你發福以外！』我坐在沙發的另一頭，雙眼緊緊盯著螢幕，

邊打遊戲、邊和他聊著。

· · ·

大學畢業後沒多久，他就和交往 3 年的女友分手了。在接近畢業時，他們對兩人的未來有所討論，那時她說家裡希望她可以回家鄉高雄找工作，由於家庭因素，希望她能夠就近求職。而他則是不願往南部發展，一來是他所學的相關科系在南部較難找到好的工作機會，二來他是台北人。如果可能的話，他還是想回到台北就職，住在家裡也可以省掉房租。將來若是可以走得長久，他得先存點錢。

他們想法上的落差、各自都有堅持的理由，使得那陣子兩個人每當討論到這件事時，總會不歡而散。原先因為教授的推薦，已經確認在畢業後可以到台北某間公司上班的他，後來認真詢問了幾位出社會多年的學長，好不容易找到了一個在台中的工作機會。

他心想：「就算不跟著她一起下南部，至少留在台中，兩個人見面會比較容易一點，不像台北高雄這麼遠的距離。」

他還是想要離她近一點，就算只是一點。

當他決定結束上一次因為討論這件事而開始的冷戰，告訴她這個好消息的時候，她卻給了他一個更簡單的答案，一個他從沒想過的解決方案。

房間裡的兩個人沉默著，他假裝若無其事地用手機在看著影片，她則是摺著剛從陽台曬衣場收下的衣物。他想找個適當的時機開口說話，卻好像怎麼也找不到。兩個人不說話一段時間後，好像所有的時間點都變得不再適合開口，好像誰先說了話，就代表誰輸了似的。他有些焦急，卻又得讓自己先好好冷靜下來，他在心裡告訴自己，等到這個搞笑短片播完我就跟她說這件事。

「欸！我跟妳說，那個某某學長昨天傳訊息跟我說他之前待過的

那家公司，在台中的那家，現在有徵人，說是可以直接推薦我去！」他還是忍不住，在影片播完以前先按下了暫停鍵，放下手機向她靠近了一些，努力用平常的語調開了口。眼神鎖定她表情的任何變化，期待她會覺得訝異或是開心。

『是喔，那不錯啊，不過你之前不是答應教授要回台北工作了嗎？』她還是自顧自地摺著衣服，有條不紊地把兩個人的衣物都摺完，分開疊好。她整個人幾乎背對著他，他只能透過些微的側臉和她的語氣猜測她當下的情緒。

「我想如果妳真的回高雄工作，我留在台中的話，至少我們見面約會不用坐太久的車，台北高雄有點太遠了。所以……妳覺得這樣好嗎？我留在台中，妳聽妳爸媽的話回高雄，我們還是可以一兩個禮拜見一次面。」他不知道為什麼，越講越心虛。或許是前面的那些話並沒有得到他覺得應該有的反應，所以變得沒有自信。他害怕、他擔心他做的這些，還是沒有辦法讓她滿意。

在床的角落那邊安靜摺著衣服的她，這次一句話也沒說。手邊零落的未摺衣物越來越少，她把有些皺褶的衣服甩開，那瞬間，衣物與空氣摩擦產生的聲音，稱得上是靜默房間裡唯一的噪音。

『這樣對你來說不公平吧，因為我的關係，所以才讓你改變主意。你想要回台北工作的，不是嗎？』所有收下的衣服整齊地被置放到一旁，一人一疊，分開得很仔細。

「我沒差啊，在台中工作我也覺得不錯啊……不全部因為妳的關係啦！我只是覺得如果這樣的話，對我們好像比較好，所以才想說先問看看妳……」他像是需要被鼓勵的孩子，用一個認為是對他們好的立場出發，好不容易透過別人的協助，才獲得這個折衷方案，他只是希望她也認可。

他不想要再和她吵架了，他想要和她說話，他想要抱抱她，他想要她也這樣想要。

『不用了，你還是照原來的計畫回台北吧，我也會照我原本的規劃回高雄。我們……』她起身將摺好的衣服放回櫃子抽屜裡，語句隨著被緩緩推入的抽屜做了停頓。

『我們還是分手吧。』把我們再說了一次，然後認真地、完整地把它打碎。

他其實做了很多挽留。

他認為明明只是對於未來暫時的分離，彼此有了意見上的隔閡，明明只要再多一些討論，就能得到讓兩個人都能夠接受的答案。可是她卻選了最明確、卻也最殘忍的那個。

原來，原來不知道從什麼時候開始，就只剩他一個人在乎了。

．．．

最後他還是讓她離開了，只是他一直沒能釋懷，釋懷她那麼輕易就把兩個人的回憶都看淡，他卻像是傻子一樣留在原地傷心好久；釋懷後來像是無縫接軌的劇情轉變，她沒能開口的真正理由，他為她和朋友做過的每一次辯解，都像在嘲笑他怎麼那麼笨。

累積的經歷會造就、雕琢一個人的模樣，可有時人們其實無從選擇。最想走的路，被曾經想一起走的、最愛的人親手封死，他哪裡還有其他選擇？

他還是那個溫柔善良的他，只是他已經會討厭這樣的自己，偶爾。

最可怕的
不是你不愛我

你溫柔地稱頌過我的心有翅膀，

可是你

終究沒應許我任何一種遠方。

對我來說，日子的前進並不是像光一樣只會直行，更多的時候它像小時候我最愛的鞦韆，過去的模樣會重複地在我面前晃過，然後現實的濾鏡又換上。我的日子是這樣地來回擺動，而你一直在，過去和現在都在、未來我不敢確定。

過去的你啊，離我比較近。我不是預言家，但是總覺得在可以看見的未來裡，我們只會越來越遠。你應該也知道的呀，畢竟是你主導的、你想要的。

怎麼說好呢？我並不特別覺得遺憾，我一直是太過理性的人。舉個例子好了：大學時期男友精心準備的驚喜，還策反了我的好朋友們要為我慶祝生日，而我卻在他還在鋪陳驚喜感時，就陳列出我所能想像到的、他會做的那些事。果不其然地就如我所料，他那時尷尬的表情我到現在都還記得。

對不起，我或許不是那麼適合浪漫的人，但關於我們，我還是想像過那些正常情侶會做的事情：如果是你，我想我不會戳破你。

你知道嗎？最近也有其他人對我很好，比以前的你對我還好。你知道嗎？最可怕的並不是知道了你不愛我這件事，可怕的是我見到別人對我的好，我卻只想到你。

你那時候說好

「這些重要嗎？」這句話好像是我開始意識到你已經不那麼愛我的起點。

並不是話的本身特別傷人，只是對我們來說，或可能只是對我來說，這句話特別、特別重要，像是在電影或小說裡偶爾可見的催眠橋段，總有一個字詞或一段話會作為一種言語的暗示。

具體是因為什麼其實我有點忘了，但我記得的是你用了比平常大滿多的音量問我這個問題，情緒是不耐煩。而我像是嚇傻了那樣，呆站在那邊。原本牽著的手不知道什麼時候被放開，不曉得這時應該做出什麼表情的我，還試著扯出一點笑意，一旁的路人都還看著呢。

最重視面子的你，居然也會在人來人往的大街上這樣表現。原來並肩而走的親近，此時有了刻意的距離。其實只是四、五步就能重新碰到的你啊，一剎那成了小時候測量視力的驗光儀裡，永遠遙遠的那座小屋，在視線可及之處，卻是一輩子也到不了的遠方。

第一次感覺到手有明顯的失溫，在無關天氣的狀況底下，或許是心理作用。眼睛對焦到自己那隻想要和你撒嬌或是想輕輕抓住你的衣角的手，好像突然就變得很蒼白。

那時候腦海裡的畫面是你曾經蹲在我的座位旁邊，安慰我：「那個誰誰誰也不是故意大聲要凶妳的，不用怕啦，現在我在這裡啊。」然後手輕輕拍著我的背，像安撫孩子睡覺那樣輕柔。身上披著的外套是你的，有熟悉的味道，叫人安心。

我還是哭著，但斷斷續續地說出了一些話，我問你那你以後可不可以不要大聲跟我說話？就算是我們吵架，也不能大聲凶對方。我側過臉，視線剛好對焦到你蹲下時的眼睛。

你沒有一點猶豫地就答應了我，你說以後不管怎樣都不會大聲凶我，你說你怎麼可能會那樣。

你那時候說好，你說你怎麼可能會那樣。

「這些重要嗎？」

重要的其實已經不是當下我們討論的那件事，而有比那件事更重要、更迫切的變化正發生在我們之間，我卻覺得無能為力。

因為這是你想要的，是你選擇忘記的。

承諾重要的並不是永遠都被遵守，而是是否有把那件事記在心裡，不斷地向它靠近、或因它努力。

天秤已經傾斜，不重要的其實是我，而我太晚才知道。

手機

在同一個時區裡
感覺時差

在同一種關係裡
感覺疏離

在同一個深夜裡
連一聲晚安
都被靜音

愛我不好嗎

又夢到你了。

為什麼要用「又」呢？其實我也不知道，好久沒見面了，卻還是覺得你是很新的你，或許是因為時常想到你吧，莫名地。

夢裡的其他細節都記不大清楚，好像我叫住了你，想和你說些什麼，我卻用一種奇特的視角發現自己其實開不了口，可是夢裡的場景本來就都是靜音的。忘記你是什麼樣的表情，只記得那些畫面都像輪迴一樣。幾次我努力試著表達，卻沒能把真正心裡想說的告訴你。我急迫、我焦慮、我失望，可那些情緒沒能滿到讓我即刻轉醒，所以我們遇見、我們錯過，不斷、不斷。

最後一幕發生在某個捷運站裡，你衣著整齊、表情帶有點期待地搭著向上的手扶梯，而我在往下的樓梯上看見了你。我只是看著你經過，然後離開，這一次我什麼也沒做。

與現實裡的我們一模一樣。

如果我們沒有特意約定要出來見面、如果沒有和其他朋友說好要聚餐，我們是那種見到面也不會打招呼的「朋友」。我沒有理由叫住你，也不願意打擾你的生活。就算有好多話想和你說，連訊息也傳不出去的我，單獨見了面，我想除了尷尬就什麼也沒有。

是什麼時候開始，我們變成這個樣子的呢？

深夜的房間裡一片漆黑，剛轉醒的眼睛尚未習慣黑暗，左手在床上摸索著手機的位置。還不打算打開大燈，拿起手機查看了一下時間，居然才半夜兩點半。身子蜷縮成一個圈，點開 LINE 的訊息，把螢幕的亮度調暗，一直滑到最下面都沒看見你的名字。

「啊，我記得好像把它隱藏起來了。」那時候考慮了好久還是沒能直接刪除，有一陣子很常點開以前的訊息來看。我並不害怕在看的時候你傳訊息來，馬上已讀會讓你覺得很有壓力，好像我一直在等你。

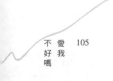

我不擔心，因為你從來不會主動找我，所以你也不會知道，就算我真的一直在等。

上一次聊天已經是去年的事了，討論的還是你前一份工作，最後的訊息是我傳的，而你沒有回。我沒戴起眼鏡，忍著眼睛的不適細細看過當時來回的那些話，都是一些無關緊要的生活瑣事，和聊起以前讀書時的種種。

有時一天的時間裡，只有來回過一次訊息的交換。你是那種不大回訊息的人，就你自己的說法。於是我就算想要在你回我的時候，抓住那樣的時間點，心想也許就能多和你說說話，馬上回你，我也不敢。

我們那時有的距離，已經足夠遙遠。如果再多做些什麼，如果再「努力」一點，我怕就會讓你想逃。

雖然最後我們還是成了這個樣子，原來無關我做了什麼，或沒做

什麼。

看著以前我傳出的那些訊息，好像又回到當時的自己，或許是我太努力想要迎合你，在螢幕前的斟酌、所有的字句都得一再考慮。我甚至會先在手機的備忘錄裡打好訊息的草稿，然後反覆確認這樣的話不會造成你的壓力之後，我才敢傳出。

我有著這樣接近病態的執著，可這算是愛嗎？我自己也開始懷疑。

我曾經覺得你也有那麼一點喜歡我吧，可能是我努力嘗試接近你的副作用，在慢慢了解你、和你相處的過程裡，我總覺得有慢慢向你接近的錯覺。

可每次那些感覺萬事皆備的時候，我總會讓人失望，或許是自己的錯吧，自己永遠不夠好。不夠的絕對不是付出的情感啊，我對自己這樣自信，也就只有這點可以這樣自信。

那缺乏的究竟是什麼呢？在這些不願相信的現實裡，緣分啊、註定啊，諸如此類的字眼總用輕蔑的姿態出現眼前。

突然想起高中時自己彆扭的模樣，是還像小孩子那樣明明很喜歡、很喜歡，卻還會刻意表現出毫不在意的那種幼稚，甚至是比故意還要再故意地去避開你，然後在你不注意的時候，在所有人都不注意的時候，才敢偷偷看向你。

那時候的我，多可愛、多自私。

「愛我不好嗎？」

我不需要答案就能活著，可我想要知道。

愛我不好嗎？

隔著螢幕吵架

腦海裡幾分鐘裡轉過
幾十種不同的回覆
都隱約帶著刺
有一些甚至讓手機鍵盤
都變得荊棘滿布

打出一段字
像造一片森林
你走不過來
我走不出去

如果說什麼都不對
說什麼都不適合
連道歉都會因為氣氛
變得矯情虛偽

你是要我說話呢

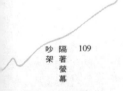

還是要我不說話呢

怎樣才算在意呢
在意你受傷
在意你先道了歉
在意我不說話而你在意

我太笨了

如果下輩子我還愛你

說出下輩子的人，如果不是傻子，就是騙子。

你對我像開玩笑似地開口說下輩子一定會愛我的時候，我是難過的。我知道幾乎對於所有人而言，「下輩子」是浪漫的字眼，永遠太遙遠了，下輩子聽起來離我們近得許多，所以我還是禮貌地笑了，應了你一聲「好」。

好像為自己爭取到下輩子的優先權，但我甚至不能確定下輩子會不會再像這輩子一樣，是我先待在你身邊、是我先喜歡上你、是我先開始等你。

然後你又會在下輩子，對我許諾再一個下輩子，挽著的又是另一個人的手。

我不知道，我也不想知道，下輩子的事就留給下輩子的我去苦惱，這輩子要苦的事情，已經太多。

如果有輪迴、如果真有下輩子，那時候的我們也不會是我們了。
於是，下輩子於我而言，只是：

「現在的妳，我不喜歡，等到下輩子吧，下輩子妳不一樣了，我
一定會愛上妳的。」

我討厭你這種自信，好像下輩子已經是穩妥的事情，好像你知道
下輩子我會順著你的期望成為你想要的樣子，好像你知道我下輩
子一定還是會和現在一樣愛你，好像我真的離不開你。

我討厭你這種自信，但我更討厭自己在你的安排裡，還是那樣的
無從選擇，而那就是現在的我映照在你眼裡的模樣：卑微、討好、
死心塌地。

下輩子啊，如果有下輩子的話，我們不要當人好不好？也不要當
生活在水裡的動物。我怕水，下輩子我想也會一樣。

在我所知的動物裡，我最希望成為的，或許是希望你成為的，應該就是大象了。

我聽說大象會記得一輩子所發生過的所有事情，有人對牠好、對牠不好，牠都用一生銘記。

如果下輩子我還愛你的話，至少你會用一生記得我，而不是像這輩子，選擇把我淡忘。

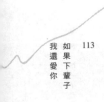

不趕著遺忘

她坐在公車候車亭的椅子看著人來人往，他離開以後，她不知道為什麼就越來越習慣一個人。是的，是習慣，不是喜歡。習慣一個人坐著的時候，想很多事情，而很多事情其實都只關於另一個人。

「5、4、3、2、1……」略微沙啞的嗓音數著綠色小人下的數字，越來越少，直到變成紅色。還在遠處的人於是停止了奔跑，那個大叔知道過不去了，臉上卻不顯著急的神色，他只是想要過去，多等一個紅綠燈的時間並沒有太大的差別。

「真好。」嘴角微揚，她輕輕地笑了，牽動溫婉的輪廓，沒有人看到。

她從來不喜那些嚴正的規矩，從小到大就幾乎沒有人管得住她，別人越是強硬，她越是叛逆，可是這樣的她因為喜歡他，改變了好多。他不喜歡女生罵髒話，於是她改；他不喜歡她對爸爸媽媽有時候講話失了禮貌，於是她改。

她似乎就要成為世上最符合他喜歡的標準的人了，可是他不要她了，突然。這些不知道對她來說是好是壞的改變，也暫時改不回去了。

她對世界變得溫順，世界並沒有溫柔待她，可是她連叛逆的心念也隨他遠走，答應他離開的時候也只是靜靜地哭，不大聲喧鬧。

「他不會喜歡我那樣。」她心想。

等到小綠人變成紅色以後，又過了幾秒，紅綠燈的燈示就正式轉為紅色。為什麼要覺得好呢？或許是有點羨慕吧，羨慕大叔他知道什麼時候該停下來，羨慕他並不趕著時間做些什麼。她還不知道呢，不知道自己什麼時候會停下喜歡的情緒，不知道這樣的日子還要折磨她多久。原來以前愛的時候還把他記得不夠深，失去以後才開始深刻。

她並不趕著遺忘，她不像他，她只想他。

在瑣碎平凡的日常裡，用悲傷的姿態，她就這樣成為一個更好的人。沒有人在意她的意願，「好」是那麼絕對的事情，她無力抵抗。

忘了是你還是他們

你聽說我
因為感情受過傷
溫柔地笑著說我有點笨
說心疼我
說他們不懂珍惜
說自己和他們不同

結果到後來
你也只是變成「他們」
所有的代稱都
沒有不同

我說「你」的時候
是真的覺得
我們很近
覺得好像這次
真的可以

貪睡功能

天氣大好，夏日的陽光狠辣辣地從兩側窗簾中間留下的空隙闖入，不請自來。窗外的車聲開始變得多了起來，像是整座城市都在甦醒，稍嫌古舊的電風扇運轉聲也逐漸傳入耳際。

努力避開太陽照射到的地方，用薄被蓋住頭部但留些足以呼吸的縫隙，試著再讓自己入睡。週末的第一天，連昨晚設的鬧鐘都還沒響，我不想這麼早起床。

「看魚仔在那游來游去、游來游去，我對你想來想去、想來想去……」結果在我覺得自己就快要成功睡著的時候，熟悉的音樂卻在此刻響起，是盧廣仲的〈魚仔〉，是以前你最喜歡的歌，現在還是不是，我不知道。

有人說要討厭一首歌的最快方法，就是把它設成鬧鐘鈴聲，每一天早上被它吵醒、甚至是嚇醒，的那種厭惡感，就算是再喜歡的歌也會變得不再想碰。其他所有我曾經設為鬧鈴的歌曲，在一陣子過後，是真的不會想在其他時間再聽，會有種很強烈、很厭世

的既視感，像是帶入一般工作日早起時的那種不適，令人作嘔。

但這首歌還沒，還沒成功地讓我討厭。

依舊掙扎著不願意睜開眼的我，循著聲音的來源，用手四處摸索之後，總算成功捕獲萬惡的手機，按掉了鬧鐘。但陽光的熾烈程度已經是閉著眼睛都能感受到的明亮，此外房間裡感覺越來越熱，只靠著電風扇的吹拂，真的是無法再在床上待著。

還是心不甘情不願地起床了，到浴室的路途中，嘴裡自言自語著埋怨太好的天氣。雖然討厭雨天，卻也不喜歡陽光大好的日子，畢竟兩者的結果都會讓人全身濕透，前者是被雨，後者是汗。

昨晚的惡夢場景設定在大學宿舍裡，畫面昏暗。真正轉醒而後還在賴床的時間裡，所剩的記憶只留一個在轉角處設立的逃生指示燈。惡夢總在發生時足夠清晰、逼真得可以，卻在醒後開始像是電影裡定時炸彈的倒數計時，關於夢境的一切都要流失。擠牙膏

時不停地想、刷上排牙齒第二次時不停地想、泡沫狀的洗面乳塗上臉頰時不停地想、用毛巾擦乾臉時不停地想。最後看著浴室鏡子裡的自己，徹底忘掉，一點也想不起來了。

不知道為什麼，不好的夢、不好的事情，明明是可怕的、明明是難過的，人卻會努力想抓住些什麼。然後結果總是極端，要嘛像惡夢怎麼也記不得，要嘛像壞事怎麼也忘不掉。

洗臉洗到一半的時候，房間裡突然又響起音樂聲。剛剛並沒有把設定的鬧鐘直接關掉，而是用了貪睡功能，於是現在廣仲又在房裡唱起歌。

「欸，幫我把鬧鐘調掉啦！我在洗臉！」一如往常地朝著門外喊了這樣一句，沒人回應。

「欸……」愣了幾秒，突然想起自己現在是一個人住了。為了可以多賴床一會兒，堅持說小小的浴室塞不下兩個人，總是會讓我

先去盥洗的你，已經不在這裡了。讓手機多響了大概 40 秒以後，總算自己出來把鬧鈴按掉，這次是真的關掉。

回到房間左上角的書桌前坐下，扭開保溫瓶瓶蓋喝了口水，突然覺得自己有點好笑。都過多久了，還會覺得你好像還在，或許只是潛意識地希望你還在吧。

我記得關於貪睡功能的冷知識，還是你告訴我的。

每次要跟我分享一些你不知道從哪裡學來的奇特知識時，你總喜歡先吊我胃口。然後當我看不慣你那帶點驕傲又有點欠扁的表情，決定要自己上網 Google 的時候，你就又會把我手機搶走，然後才願意開始說。

你說 iPhone 的貪睡功能之所以設定為 9 分鐘，而不是大家習慣的整數 10 或 15，是因為第一款有搭載貪睡功能的鬧鐘，當時以「最人性化的鬧鐘」作為宣傳口號問世。

「是真的很人性化，如果不賴床的話，人生還有什麼意義！」我打岔地說，你則是狀似鄙視地看了我一眼，可能是表示贊同吧我想。

你接著說，它上面有一顆長條形的按鈕，只要按下去就可以讓人們多睡一下。因為受限於當時的機械齒輪科技，只能夠關閉大概 10 分鐘左右的鬧鐘聲響。再者也因為工程人員覺得 10 分鐘有點太久，怕人們再次熟睡，因此最後決定裁減掉 1 分鐘，成為 9 分鐘的限制。

『是不是覺得我怎麼懂這麼多？是不是很佩服我啊？喂，妳幹嘛！』我真的看不下去你得意忘形的嘴臉，拿起手邊的枕頭就朝你丟過去，後來演變成接近半小時的枕頭大戰。

沒有這些聽起來無關緊要的生活冷知識，我們還是可以活得很好，也會有人一輩子都不知道貪睡功能的時間限制，只是當時的我們是這樣迫切地想把生活裡所有發生的一切交換給對方，無用

的這些、好的那些，都願意花時間讓對方知道。

我們給予、我們接受，我們像把兩個人的生活過成一個，幸福地無可救藥。

自嘲地想了好多離而今的生活已經遙遠的事，覺得自己常常這樣，外表是新的，心情是舊的，像是與生俱來的時差。把我拉回現實的是桌上便條紙寫著：「記得去匯款（網購）」看了看手機的時間，已經 10 點多了，住家附近的郵局週六只有營業到中午 12 點，得趕緊出門才行。

換好衣服以後，準備換上輕便的小白鞋，看到鞋櫃上放著的小筆筒，差點忘了出門前的例行公事。拿起筆，走到房裡掛置月曆的牆面，看了看自己這個月的「狀況」。在已經過去的每個日子的右下角，都有一個小小的符號，像是交通號誌那樣，有圈圈、有三角形、有叉叉，是我在每天早上踏出房門前對自己狀態的衡量。

以前不是這樣的。

以前還有愛心，還有一些五顏六色的彩繪，象徵著各種紀念日或是我們吵架的日子等等。因為覺得寫日記實在太麻煩了，手帳什麼的也需要花費好多心思才能做得很好，於是就研發了屬於我自己的記事小方式。

你不在以後，我渾渾噩噩地活過一陣子，努力讓自己變得很忙、試圖積極地和朋友聚會吃飯，那樣的生活比你在的時候更加飽滿充實，好像沒有多餘的時間可以悲傷。可是每當又回到只剩一個人的房間，好幾個夜裡又哭到睡著，感覺都像死掉。

隨著年紀的增長，人好像難免就得活得越來越貼近地面，想法什麼的也會越來越現實。提到夢想之類的字眼，那陣子我所想的，也不過是活著、要活著。

日子還是得過下去，雖然已經畫不出愛心，其他的符號總還是可

以。我開始會在每天出門前，在月曆上的那天畫上一個小記號，希望這樣數過的日子，會記錄下自己的改變，或不變。最初的時候每一天都是叉叉，偶爾因為朋友或家人發生了些好事，會變成三角形，但始終不是完整的圈圈。

還會很想你啊，那時候。

最近覺得自己很棒，已經快要過完的這個月，有超過一半以上的天數都畫上了圈圈，其他則是工作上遇到瓶頸或忙到實在是想哭天喊地的時候，就會畫上三角形。至於愛心和叉叉，它們都像你，已經是好遠的事情。

今天沒睡飽又耍笨地想起了你，再加上天氣太好，適合三角形。

走進郵局的時候感覺像是到了天堂，裡頭的冷氣總是不會讓人失望，尤其是在這樣的夏天。提款機處不像平常，沒有人在排隊，順利快速地領到了錢。在填寫跨行匯款單時，有個人走到我的左

手邊也開始填著資料。寫匯款金額的環節，常常都會忘記大寫的數字該是怎麼寫，再加上匯款帳號的重複確認，都得花上一點時間。

頭低著，視線並未抬起直視左方，只是用斜視的目光觀察了一下他，看見他的衣著、手的指節粗細、握筆的姿勢，以及最重要的，他用了你喜歡的香水。簡潔的白襯衫，衣袖捲起約莫四折的位置，膚色偏白而手指漂亮。他寫一寫還轉了一下筆，卻忘了那筆的上端有連著線，於是在正要完美回轉之際，就被迫停下。

因為我並沒有抬起頭來，所以所見也不及他的臉龐。我對於味道相當敏感而著迷，平時滑著手機在路上走的時候，常常會因為路人身上的香氣而猛然回頭，或是會因為剛好順路，就跟在誰的身後隔著一段距離走著，但我真的不是變態，真的。

他身上有你喜歡的香水味，穿著你最愛的白襯衫，和你一樣有著那種特別適合牽手的手。而儘管我在他離開以前，並沒有看到他

的模樣，我知道，他不是你。我們早就不生活在同一座城市，我看過太多和你相像的人，側臉、味道、衣著、姿勢等等。

也不害怕讓你知道，我曾經在下了公車以後，見到對面路旁人行道上有著好像你的身影。我就跟著那個人的速度，隔著兩條馬路，就只是看著他，走了一小段路。直到我們在同一座紅綠燈旁停下，在大約 50 公尺外的距離，我終於看清他的正臉。

有點慶幸卻也有點失望，慶幸的是他不是你，失望的是同樣一件事情。

填好匯款單，拿了號碼牌，稍微等待一下後就輪到我了。櫃檯人員很快地幫我處理好了匯款事宜，拿回收據以後小小聲地說了謝謝，就結束了郵局的行程。

走出郵局，一股熱浪迎面襲來，瞬間有想要退回去的想法。但我好餓，真的得先去吃點東西才行。只是要吃什麼才好呢？從起床

開始就發生好多和你有關的事情，「那就吃你喜歡吃的薯餅蛋餅配豆漿好了。」我告訴自己。

今天是三角形，可以稍微想你，我告訴自己。

隱私

陷入回憶是很隱私的動作
比起直接的裸露更叫人不願
不願被見到

像是自己害自己跌倒
會四處張望是不是
自己的愚蠢或是可愛
不小心被世界見識
不小心被你看到

我的喜歡
會不會不小心
跌出口袋

在我同意以前
不允許任何人替我悲傷
也不會有誰為我快樂

這樣很好
我想你了
又不小心哭了
也不會有人笑我傻

這種天真
我還不想丟掉

我還在被忘記
我還在被記得

假裝好難

其實並不真的一起經歷了許多時間，更多時候是你認真做著你的工作，而我認真喜歡著這樣的你。

關於那些零碎的相處，你記得什麼呢？或許我更想問的是，你記得的是怎麼樣的我呢？還是留有一點期待的吧，期待你看見的我和別人看見的我是不一樣的，像我看你一樣。

雖然，你並不愛我。

或許是個性的關係，主動告訴喜歡的人自己喜歡他，對我來說並不是一件簡單的事。於我而言，處理在別人眼裡繁重複雜的工作，反而來得簡單許多。

可能你也是這樣看我的，有點太認真、有些工作狂，會不會你是喜歡那種，看起來需要被疼愛的女生呢？我不知道答案，就像是我不知道，對你來說，我是什麼人？可是若我能選擇的話，我還是會做這樣的自己。

因為如果不是這樣的我，就不能喜歡上這樣的你了。

有時候我不免會想，如果我就努力試著喜歡上已經喜歡我的人，至少生活裡感情部分會不會變得簡單一些？

先動心的人好像永遠就沒辦法和對方處在對等的位置上，像是小時候總是會玩的鬼抓人，鬼和人其實從來就不對等。這次當鬼的是你，我當人，我明明白白地就站在你面前，坦露了位置，可是你無動於衷。或許搞不懂遊戲規則的是我，鬼見到了人，不一定會抓她。

我不是求一種絕對的公平，但若你也能感受我所感受的，哪怕一次也好，我想讓你知道：在你面前假裝雲淡風輕好難、假裝我們什麼都沒發生過好難、假裝沒有好多的話想對你說好難、假裝一切還是一樣好難。

那天下班前久違地見到你脫下眼鏡的樣子，突然想起對你來說戴

上隱形眼鏡是一件有些難得的事。我假裝出去裝水，「巧遇」了正要離開的你，隨口問了你為什麼把眼鏡換掉了？你只是笑著說你晚上有事，稍微做了一點交談後就匆忙地說了再見。我明明有好多話想跟你說的，想要你主動和我聊起晚上的事是什麼，我不會想要干涉，只是想更了解你的生活，想聽你說話、說什麼都好。

不知道為什麼，認真告白過的我，好像丟掉了能繼續全心全意愛你的權利，想要和你像以前一樣什麼都聊的時候，轉瞬來到腦海裡的第一個念頭卻是怕給了你壓力、怕你其實不想和我說太多話。

我還愛你，只是我好像慢慢在失去你了。

· · ·

對我來說，你戴上隱形眼鏡像是某種虔誠的儀式，只有你要去做一些喜歡的事，例如打球、或是要去和那些重要的人見面的時候，

才會刻意換上。

那次我們一起去看電影的時候，或許是我第一次見到你戴隱形眼鏡，或許那時候我還是你覺得重要的人。

你戴隱形眼鏡是好看的，真的。

你知道嗎？有些人的眼睛是一條隧道，沒有太多彎曲，就可以直達靈魂，你也是那種人、那種眼睛。

我喜歡你的眼睛，喜歡你說話的樣子，最喜歡你。

輯二
最可怕的不是你不愛我

我一旦變得夠好

有些心事想被你猜到
有些不想
可我並不能做決定
知道在你眼神對焦以前
我總討好地
變得透明

狡猾的其實是我
我讓你做決定
看得見我的喜歡以後
你再決定要不要愛我
或是就假裝
看不見

最近開始會看
星座運勢什麼的
如果上面說我們不適合的

我會皺著眉頭
然後相信

我一旦變得夠好
我就會想
是不是就值得你愛了
我是不是有一點
太貪心了

一生貪得遇見
卻無饜於你

我懂事了
心得是值得

找不到

郵差向當地人詢問
一個他找不到的地址
那裡一片荒蕪

那些信件或包裹
會不會傷心呢
沒有目的地
就好像失去了
存在的理由

我寧願你像那些地址
讓我遍尋不著
你不是我存在的理由
我丟了你不會死掉

但當我知道你在
卻不能找你

不能找到你

那時候
或許死掉更好

無從證明的愛

像搭上電梯時，
喜歡的香氣殘留。
我知道有人來過，
有人會走。

不用再小心翼翼地問你問題，或許也不是問題，只是那時的我們多麼懇切地想知道答案，關於你的、我的、現在的、未來的。

像是我說我愛你，我說我想念你，這些句子都沒有加上問號，多麼肯定，可你還是給出一個解釋，然後溫柔地滿懷歉意。然後我也說了對不起，極其荒謬地。

原來愛到了後來，不被接受的人啊，故作姿態地道歉，然後說好希望這並不影響我們之間的「友情」。卻在往後的時光裡，任你的名字褪了色。

我在意啊，可再也在意不來。可能我也在等，等自己不愛你了，等自己不再等了，等自己能落落大方地接住你所有的回應，然後知道、然後接受，那些都不是答案，只是選擇。

陌生與熟悉

至少陌生的時候，我們什麼都說。

因為陌生，覺得祕密不是祕密；因為陌生，所以容易相信：所以我說的都是真的，所以你說的都是真的，何必欺騙？

居住在永夜裡的人可以說光亮的故事，所有的所有的界線都不那麼明顯，那時候欺騙還未被賦予負面的意義，我們把話說得好聽，只是為了說得好聽。

至少陌生的時候，我們什麼都說。

「那熟悉之後呢？」

親暱該是一隻什麼樣的動物呢？假裝是狗好了，一定得是一隻太可愛的柴犬。

一隻狗狗身上有幾隻蚤子應該不算過分吧？蚤子要有名字嗎？牠

們那麼小。但還是隨便取些什麼吧，叫「試探」、「懷疑」、「占有」等等。

接著兩人關係開始在牠身上遊走，幾隻蚤子時不時來搗亂也再正常不過。然後在你認知裡的狗狗，手腳有區分嗎？四隻腳走路、四隻手走路？

所以覺得有時誰被捧在掌心、所以覺得有時誰被踩在腳底，誰比較珍惜誰、誰又在浪費誰，其實也只是角度問題而已。

「變得熟悉，怎麼感覺一點好處都沒有？」

乍聽起來是這樣沒錯，只是如果再想一想，如果不和那個人變得親暱，你捨得嗎？如果明知道眼前的這個人自己是那樣喜歡，而因為不願意面對變得熟悉以後的各種難題，所以甘心只是遇見，而後錯過，你捨得嗎？

所有的關係其實都在呈現一種立場的轉移，或比作成是一種「交換」：例如不甘願只是點頭之交，為了找尋更好的理由來對對方好；例如覺得當下的曖昧關係持續太久，想穩定下來總是浮動的彼此。

所以我們拿陌生換來了熟悉，也丟掉一些其實可能不願丟掉的東西，例如自己。

找一個理由

找一個理由
才能好好地愛你
把全部的自己都交給你
例如說今天天氣很好
例如說剛剛遇到紅燈
例如說飲料有點太甜
這些理由都很笨拙
這些理由都不重要

只是
找一個理由
就能好好地愛你

找一個理由多簡單
最難的事
我已經做到了
找到你

我只是需要一個理由
我只是需要一個理由
但理由不重要

理由是你要的
我想對你好
需要給你理由

不能是因為我愛你
因為你不愛我

怎樣的遺忘才算是合理

突然覺得好可惜喔，從對你的感情裡意識到世界上可能有好多好多的人都像我一樣，懷揣著一份可能永遠沒有辦法被證明是愛的情感。學數理的時候，我就時常搞不清楚那些公式、定律存在的意義，只能死背，到現在我還是不懂，而生活裡也有那種我不懂的定義。

好像只有在關係裡的兩個人都相信那是愛的時候，愛才存在。一個人再努力、再拚命地去愛上另一個人，就算被再多人看到、認可，只要不是你點頭，愛就不成立。

最近我和別人提到你的次數，慢慢變少了，你的顏色好像從我的生活裡慢慢變淡了。你不知道的吧，以前你不經意地放光，日子就會明亮許久的，現在也不了。

不曉得你如果知道的話，你會不會在意呢？要隔得多遠你才會發現我的遠離呢？

開始也會覺得自己是那種恐怖的人，不知不覺就快要忘記當初那個那麼喜歡你的自己了。在怎麼樣的時間距離裡，遺忘一個深深喜歡過的人才算是合理呢？我不知道，好想要你來告訴我答案。想要和你說一聲對不起，可你不要問我原因，我給不了答案。

好可惜喔，確信自己是愛你的，可是無從向你證明，愛就要流逝殆盡。

所有人都記得

所有人都記得我們是幸福的。

於是在久違的晚餐以後，終於也和最好的朋友們開口和你分手了這件事，我想她們的表情我會記得很久，不是我想要故意吐槽，但是真的浮誇到不行，還伴隨拉高聲線說「什麼！」的聲音此起彼落。

對於她們來說，我們還是幸福的吧。她們面對的突如其來，好像是那時候我聽見你說要分手的感受，那陣子相處裡累積的不安就一瞬間成了真，但或許也有些釋然，心終於不必一直懸在那，你還是開了口。

『我們分手吧。』我第一次聽見你的聲音那麼沮喪。

其實不想哭的，但不管在心裡演練過多少次傷心橋段，當我真的面對你時，閃躲的眼神、開口後低著頭的模樣，你知道嗎？那時候的你好不像你，我甚至覺得是我做錯了什麼，還為你心疼。

如果一生裡真的有某一些片刻足以逼近永恆，我想那時候的沉默，是真的很像。哭的時候心裡很靜很靜，你拿出總是準備在口袋的衛生紙朝我遞過來，我沒有拿，問我為什麼不說話，用手輕輕地碰了我一下，可你要我說些什麼呢？

「為什麼？」我記得這是我回覆你的第一句話，眼淚和鼻涕都流了滿臉，醜到不行。

你含糊其辭地帶過這些問答，說是感覺淡了。也問了你是不是因為她，那個你一直沒忘記的她。以前我喜歡你笨笨的，因為你騙人總是太不懂得掩飾，每一次都會被我發現，但這一次，我是發自內心，討厭你演得這麼爛，又或者是討厭自己這樣敏感。

她甚至是我的好朋友，你明明也知道的。

我是真的想要不愛你了，可是那些捨不得，也是真的。故事的最後還是開口求了你，還天真地相信花時間就可以回去那個幸福得

讓朋友都羨慕的我們，但是其實從你開口說出那句話以後，我們就註定已經不能再是「我們」了。

藕斷絲連了 3、4 個月以後，突然有一天就再也聯絡不上你。你沒有換手機、沒有換帳號，你只是，不願意再給我希望了，對你來說，假裝還愛我很辛苦吧。過了兩個禮拜，我只能想通早該想通的道理，你不愛我了。

我說完以後，朋友們連番安慰我，以前稱讚你的話現在都用十倍難聽的形容詞套在你身上，聽著聽著就笑了出來，大家也都合群地笑了。

「你們以前真的很讓人羨慕耶，我那時候還想說以後如果交了男朋友，也要跟你們一樣。」一個朋友說了這麼一句，我只是笑。

你知道嗎？我們最後那麼不快樂，可是所有人都記得我們是幸福的。

畏光的人

駛進隧道
已經好久好久
光就在前頭
可是出口
不一定是
想要的那個

同行的人
好像瘋了
說他愛我
可那好像是
好久好久以前
的夢

他對我好過
也對我吼過
說對不起的時候

說我愛你的時候

後來好像

沒有不同

我以為我

向光而生

最後還是活成

畏光的人

沒有不同

到頭來，你還是那麼盲目，或許愛本來就是這樣，越是得不到越想要，我怎麼能怪你，因為我也一樣。

只是你寧願相信她總會回頭看看你，或許像是慰勞你長久的等待與痴情，摸摸你的頭告訴你一聲辛苦了，然後再也沒有然後。寧願相信不曾真正給過你回覆的她，都不願相信我。

我愛你啊，我曾經以為你也是。

幾次的爭吵為了相同的原因，你總說你會改，可是說著這話的你多數時候的目光卻不是向著我。我是相信你會改的，也曾經有一段時間裡真心覺得自己幸福，關係裡好像終於少了誰在旁觀。我一直都知道，不是誰覬覦我們的愛情，卻是你覬覦著關係外的她。

我們就真的不能幸福嗎？少了她，你就不能幸福嗎？再多的眼淚都澆不熄你對她的那種慾望，因為你又不愛我、你又不愛我。

對不起，我累了，趁我們都還留點餘地，趁停滯不前的關係還沒消磨完我們所有的善意，就到此為止吧。

謝謝你沒有挽留，因為我怕你一開口，我真的會留下。我那麼笨，你不是知道嗎？

最後，再和你說個小祕密。

你知道嗎？我看著你跟在她身後，她卻怎麼也不愛你，我以為看到自己，原來我們並沒有不同，我竟還為此有些開心。

我們沒有不同，我們只是都愛了一個，不愛自己的人。

應該

應該要在學會沉默以前
把所有該說的話都開口
隨後做一只壞掉的鐘
讓時間任意去走

應該試著聽懂話裡的話
拋開任性時常溫柔
做巷口那隻親近你
卻不得寵的流浪貓
陪你走過幾個街口
再安靜看你遠走

不能交往的我們

他現在看起來很幸福。

距離上一次見面好像是去年的事情了，年末的時候總會想把一年裡該見、想見而未見的人們都試著見上一面，像是完整了一年的儀式感。都快忘了已經認識多久，是這樣不常聯絡卻又無法忽視對方之於自己生命的重要性，的那種朋友。

長大是這個樣子的，社群軟體上的「好友」或「追蹤人數」越來越多，可那都是一個階段、一個階段的事情。高中時最常聊天的朋友，大學的時候就可能不大聯絡了；大學時一起夜衝夜唱、一起遲交報告的朋友，畢業後就可能少有聯繫。

前陣子滑手機時看到一篇科學相關的報導，說是宇宙的加速膨脹已被確認，物質與物質之間的空間正在加大，也因此導致整體的密度正在降低。倘若持續加速膨脹，除卻人類所處的星系團外，其餘的星系團都即將加速遠離，將來科學家對於它們的觀測會變得更加困難，遙遠的宇宙也會顯得越發黑暗。

其實裡面有好多專業術語我都看不懂，但我總覺得這和人們的關係也並無不同，人不也是不斷在遠離彼此嗎？設想人與人之間什麼也不做，沒有誰先主動聯繫、沒有人先丟出訊息，除去某些直銷或保險等的業績壓力，人們透過時間，本質上都是在遠離彼此。而在人類社會裡，一座城市的人口密度我想只會不斷增高，於是現實裡我們越來越靠近，實際的感覺上卻是越來越疏離。

對比我們偶爾對待需要幫助的陌生人的那種熱切，那些數字越發成長的「好友」，已經不再聯絡卻還是待在那個清單裡的友人們、見了面都不知道該不該上前打聲招呼的友人們，不知道是自己還是對方，會感到多一些遺憾。

看著對面座位正喝著真的很甜的黑糖拿鐵的他、說著平時工作壓力大所以最近越喝越甜的他、邊喝邊叨念著好擔心會不會因此得糖尿病的他，還是不禁覺得幸運和感謝。我畢竟是那種很懶得主動的人，所以過了好長的時間，都還是留在我身旁的朋友，總覺得很難得。

我們一直是朋友，沒有人朝著曖昧的界線跨出步伐，所以我們一直很好。

從高中認識以後，我們就維持不錯的關係，只是那時候比較不像現在，會兩個人單獨出來吃飯、看電影。當時還是簡訊當道的時代，LINE 什麼的都還未普及，我還記得簡訊 70 字的限制，得努力把想說的刪減到字數限制以內，才不會被多收一封的錢。

根本就稱不上曖昧的那時候，他總是在簡訊裡傳一些五四三的東西，感覺完全沒有把我當女生看。青澀的我們就這樣在來來回回、吵吵鬧鬧的簡訊裡，度過了現在回想起來很美好、而經歷的當下有點無奈的高中生活。

忘記當時到底有沒有喜歡過他，或許是並沒有特別的記憶點，沒有實際上相處時話語或接觸的曖昧，也不是那種一見鍾情的類型。如果他現在回想以前，可能還會想說當時有一個很好的「兄弟」，怎麼突然想不起來是誰。

快轉到大學之後，我開始有了交往的對象，他就一直扮演著聽我抱怨的角色。在他還沒有交女朋友以前，完全像是偶像劇裡的男二，擅長傾聽、性格溫柔、任勞任怨而且還隨傳隨到。他很了解我的個性，清楚我相處時的地雷，我在意的眉眉角角他也都知道。他會很認真地聽我說話，會支持我、會鼓勵我、會安慰我，可也會在這些感性之後，理性客觀地給我一些建議、和他自己的想法，用男生的角度。

他像是有一張我心裡的地圖，可是從來沒試著往最裡面走過，或許是我們的時間總是錯過。我有男友的時候，他單身；他交女友的時候，我單身。

之前他和一個學姊交往過一段時間，而我對於有女友的男性友人，都會自動消失在他的生命裡，等到他們分手，或是有其他確定的好消息，例如結婚等等，才會再出現。

每一次見面的時候，我們都會互相和對方更新一下自己目前的感

情狀況。如果算得沒錯的話，我們應該有差不多的時間沒有進入一段關係了。

他拿起餐巾紙先是遞了一張給我，笑著用手作勢要我擦擦嘴巴，剛吃完義大利麵或許有些狼狽。接著他才給自己拿了一張，同樣把嘴角餘留的醬汁給擦乾淨。看著他現在西裝筆挺的樣子，已經是個執業律師，剛剛在用餐間聽他說近期處理的一些案子，條理清晰然後又帶點幽默，突然間就意識到，我們真的離那段時光好遠了。

他已經是個好成熟的大人，雖然感覺得出來還有以前那個大男孩的一點稚氣，但男生好像總是這樣的，永遠有一點長不大，那是他們驕傲的地方，是他們不願意改變的幼稚。

現在的他，感覺是很不錯、很可靠的男人了，突然覺得有點驕傲。

『那妳最近感情狀況怎麼樣？』他照往常那樣地問了我，我們就喝著剩下的飲料，我開玩笑地像是在和老闆做簡報那樣，快速但

不失重點地和他說了有關你的事。他還是像以前那樣專注地聽，偶爾用誇張的語調打岔，像是永遠都站在我這邊似地撻伐著你的逃避、你的疏離。

我和他分享完你的事以後，以示公平，原本打算接著問他「那你呢？」結果他就起身說要去結帳，說是有東西忘在辦公室現在得去拿。因為剛好我也沒什麼事，就決定一起走到他辦公室那邊，也作為飯後的消化散步。

他的辦公室就在附近的大樓裡而已，大概不到 10 分鐘的腳程。吃完晚餐加上聊了不短的時間，辦公室已經一個人也沒有，我在一旁笑著和他說：「你們辦公室福利不錯喔，至少沒加班到這個時間點。」他就邊找東西邊和我說一些辦公室裡發生的趣事，我則是在裡頭到處閒晃，像是到公司視察的高級主管之類的。

看到有人把嚴肅的辦公桌擺滿了好可愛的公仔、有人桌上滿布著我看不懂的公文，甚至有人在地板處那放了一塊人造草皮，看起

來踩上去會很舒服的那種。說真的,和我想像裡他所待的辦公室真的是有滿大的差距,但是好的差距,感覺會很溫馨的吧,他在這裡。

他好像找到了,已經沒有那種在找東西時細碎的聲音,我走到辦公室一邊的底,準備往回走的時候,他在遠處說了一聲:

「我交女朋友了。」

腳步突然頓了一拍,但不是因為失望、不是因為難過,是覺得心裡好像有一顆大石頭放下了的感覺。

很為他開心,真的。

其實我想過如果我們到 30 幾歲都還單身,說不定會乾脆就在一起。稱不上是將就,因為我們是這樣了解對方,陪著彼此走過好多其實很重要的時刻,只是我們之間一直沒有愛的成分。好像直

接就從朋友的階段，躍升到家人的感覺，相處得很自然，幾乎什麼祕密都可以分享。

我不知道他有沒有想過我們在一起會是什麼模樣，畢竟沒有誰對誰告白過，我們都只是扮演著不可或缺的朋友。

好像太熟了，我不能和他交往，就算這樣的人可能截至目前為止，世界最了解我。

但不能交往的我們，會一直很好、要一直很好。

所以我真的很替他開心，我興奮地蹦蹦跳跳到他面前，他好像有點嚇到，想說我到底在雀躍什麼，感覺像是一個媽媽終於把母胎單身的兒子銷出去那樣開心。

走出辦公室，然後一起走到捷運站的路上，我一直問他有關女友的事，想要多了解一點，這次之後可能就又得要一段時間後才能

見面了。他提到她的時候居然有點害羞，但眼神亮得嚇人，感覺真的是很喜歡人家。聊著聊著好快就到了捷運站，但因為我們住在不同的方向，所以得分開走了。

從相遇然後聊到第一次約會，聊到他覺得對方吸引他的地方等等，第一班捷運來了該上車的時候，他還意猶未盡，說要說完一個段落，所以要等下一班。我是真的無言，到底是多想炫耀自己交到一個多好的女朋友！

關於誰先搭上捷運，他有一個自己的邏輯。他說因為我們每次都搭不同邊，我又會告訴他說不用陪我坐到我住屋處的捷運站，所以為求公平，一人一次。上次他看著我搭上捷運，在外頭和我揮手直到看不見，他才到對面等；這一次就換到我送他先上捷運了。

然後如果我們都忘記上次是誰先搭上車，他就會說：『沒關係，那女士優先！』做出只有電影裡才看得見的那種紳士禮，指著我要搭的方向。真的，丟臉到不行。

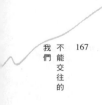

過了約莫 5 分鐘，第二班捷運從遠處駛來，我們從座椅處起身，
要送他上車了。

「這次不能抱你了，畢竟你有那～麼好的女朋友了！」調侃地說
了他一句。

以前我們都單身的時候，離開前會給對方輕輕的擁抱，然後說好
下次再見，說好不能太久。

『我看起來像是那種會怕女朋友的人嗎？』

「像，全世界就你最像！」

『我那不是怕，是尊重！好啦，不鬧了，今天我有跟她說來跟妳
吃飯啊，她也知道我們根本不可能在一起，雖然她好像還是滿不
願意讓我來的。』

「不可能是不可能，但為什麼從你嘴裡說出來，我感覺被羞辱了？」

『我要上車啦，掰掰，下次再見！』

「下次再見！」

那班晚班捷運沒有空位能坐，他就站在門邊。在警示聲後，車門緩緩關上，透過長方形的玻璃窗還能見到他，幼稚地做了鬼臉，然後揮了揮手，我也同樣。

原本想說的話，果然還是很難面對面開口的吧。拿出手機打開和他的訊息，打了 4 個字以後，想了想，感覺有點怕被他現在的女友誤會，笑了笑之後還是決定算了。

「要幸福喔。」心意到就好了。

. . .

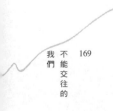

小插曲——

在晚餐前的電影，我們先一起去買了飲料。接著要過馬路的時候，因為他正說著他遇過的那些荒謬刑事案件，我專心地聽，結果沒能看到左邊的來車。或許是發現如果只是喊我的名字、叫住我已經來不及了，他就直接把我拉住，不是牽手的那種，但我們的距離還是瞬間變得很近。

他看著開走的那台車，嘴裡碎唸著「雖然是綠燈也開太快了吧」之類的話，我看著他的側臉。那個瞬間，是真的有些心動，但遠遠不到想跨越友情，和眼前的這個人在一起的那種衝動。

突然想起和你發生過類似的事。

去年某一個工作日，我們一起去了公司附近的巷子買午餐吃，買完要回去的路上，也是同樣的情節。

在第一個路口，你第一次搭住我肩膀，然後小小聲地說了一句：
「欸，小心車！」我沒有回話，除了被車嚇到以外，還有因為你
的關係。你是那種不太喜歡和異性有肢體接觸的人，說是怕別人
誤會、也說是擔心她們不喜歡。

第二個路口的時候，又差點發生意外。我真的不是故意不看路，
只是剛好那台摩托車從巷口出來時實在騎得太快，而且又是在太
陽的那個方向。接著你連話都不說了，就直接把手放在我肩膀上，
推著我走回公司。

所以我對你來說，不是別人嗎？從那時候，你就知道我喜歡你了
嗎？

在這些疊合的日常裡，我總是最先想到你，可是這些我都不能說
給你聽。

必需品

自尊並沒有在
你不愛我之後就
自己回來
原來也就不是什麼
生活必需品

你不愛我的時候比愛我
快樂許多嗎
在意的事情有時很小
而你總說無聊

故事沒有尾聲
就連你的心疼也只是
我的猜測

重要的一直是你
沒有別的

你要快樂
我才捨得
承認你本來就只能是
別人的

有一個人能夠掛念

按下顯示在螢幕上的「傳送」，終於結束了一天的工作。在週五的這天寄出了最後一封信，剩下的就是下週的工作範圍了。

看了看辦公桌一旁的月曆，確認今天的工作事項都已完成，再查看了下週一是否有需要提前準備或給出的資料。以防萬一地多檢查了幾遍後，才放心地把電腦闔上。鑑於之前曾經發生過的慘痛經驗，在週末休息的時間裡看到主管在群組裡發的訊息，赫然發現是自己的疏失，算是新聞報導中時常提到的「應注意而未注意」狀況。他一整個被嚇醒，整個週末的好心情也就這樣泡湯了。

因此現在在離開公司前，他都會再三確認是否有自己不小心遺漏的工作內容，會先看月曆上的紀錄，也會查看電腦裡行事曆上的各種行程。畢竟他總是懶得把有些沉重的筆電給帶回家，只好認真做好事前的防範措施，避免任何需要即時處理的相關業務。

把桌面稍作整理，收拾好背包之後，將置於一旁的手錶重新戴上，並看了時間，6 點 24 分。和朋友約了 7 點吃飯，他心想得稍微快

點才行了。於是匆忙地和同事們說了再見，搭了電梯下樓以後就直奔最近的捷運站。

帶著一點因為剛剛小跑步的喘息聲，他在該班捷運關上門的前兩秒成功達陣，右邊的背包背帶已經不在肩膀的位置，跑到了手肘的地方。找到座位以後，他將有點重量的背包放了下來，移到大腿上放好。原先準備開始滑手機消磨搭車的時光，卻在將手機抽出褲子口袋前推了回去，像是突然想起什麼重要的事似的，急急忙忙打開背包。

拉開背包的拉鍊，最先映入眼簾的是用一般常見的紅色塑膠袋裝著的換洗衣物，他打算和朋友吃完飯以後，晚上就住朋友家，正好兩個人可以一起玩他最近才買的 Switch。接著是一個透明防水的夾鏈袋，裡頭放著洗澡用的毛巾。最底下則是一些生活雜物，像是袖珍型的小包衛生紙，這一次買的是迪士尼系列的、像是可替換的口罩、像是吸油面紙、像是因為阿傑推薦而買的 Gatsby 濕紙巾。

「啊，真的忘記帶牙刷了！又得去朋友家附近的康是美買了，上次也忘記！」他不甘心地又把手伸進去背包裡摸索一番，就算早上出門上班時，沒有記得把牙刷帶上的記憶越來越鮮明，他還是不願相信。

一分鐘過後，他總算放棄了。有些難過地把東西都重新放進背包，按照順序，最後把背包的拉鍊重新拉上。拉鍊上掛著一隻可愛的柴犬娃娃，上頭有著他名字中間的字，摸起來有些粗糙卻很厚實，是她給他做的羊毛氈，他的生日禮物之一。

他與她認識一年多了。

起初在現實生活裡毫無交集的他們，透過社群軟體，而在虛擬的世界裡有了連結。先是禮貌而生疏地問候，而稍微聊過幾句後，就也斷了聯繫。接著陸陸續續她回覆了他的限時動態或是貼文，她會認真地給出自己的想法，而他也細心地給出他的意見。

幾次的交換訊息，好像因為陌生，所以可以無所不談，沒有現實交集的人生，沒有祕密。

就這樣，他們變成了彼此第一個這樣真誠對待的網友。

後來他在大學畢業以後，回到家苦等了 2 個月的時間，終於收到兵單。他帶著忐忑的心情，和一顆理得乾淨俐落的平頭，在家人的目送下，手裡拿著說是縣長關心役男所發下的 100 元電話卡，搭上了接駁的遊覽車。在車上他把握還自由的時間，用手機和朋友們聊聊天，舒緩有點緊張又有點不安的情緒。

車子緩緩駛進軍營，不確定是盛大的陽光或是即將邁入陌生環境的焦躁感，使他感覺有些頭暈。下了車後，像是趕鴨子一般被趕到指定的區域，其中一位長官號令著這群尚且搞不清楚狀況的新兵，坐到童軍椅上開始填寫資料。確認過幾次大家都寫完以後，讓他們把資料收進一個制式的牛皮公文紙袋裡，然後說是在收繳手機前讓大家打最後一通電話，和家人說自己已經平安抵達軍

中，請爸媽放心。

通話的聲音此起彼落，有人還在等對方接通，有人言簡意賅地已經準備掛斷電話。他打給了早上送他去搭車的爸爸，恰巧媽媽也在一旁，就簡單地說了幾句，說自己會在這裡過得很好，請他們不要擔心。

在關機以前，他傳出一封訊息給她。他和她說過自己就要開始 4 個月的役期，她則是叮嚀他要在裡頭多注意身體，說她有去家裡附近的廟給他求過平安，希望他可以順利度過接下來不那麼自由的日子。

那封訊息裡頭不是什麼煽情的字句，不是什麼「我會想妳」之類的情話，他只是重複了前些日子裡每天都會說的那些，騎車上班時要注意安全、冬天的台北通常滿冷的，所以也別忘了要好好保暖、要記得多喝溫開水。

像平常那樣，所以說了這些，像他用著自己的方式和她說：「我在這裡會好好的，所以妳在那裡也要好好的。」他知道她總會用盡全力把他說過的話都做好、都做到。

他們會在各自的地方，把自己過好，不管對方知道或不知道。

繳出手機以後，就開始了一連串讓他懷疑人生的行程，有些匆忙、有些混亂：在一個像是禮堂的地方集體換上軍裝、限時到軍區的營站裡購買必備用品、再繼續填寫其他資料等等。其實有多數的時間都是在等待，因為起初還是彼此陌生的個體，就算前方有著嚴厲的班長，還是無法馬上成為有效率並有默契的群體。

以前在外面的時候，他會用手機的備忘錄記下所有他覺得值得被記下的想法或事件，到了裡頭就換回以前學生時期的做法，帶著一個可隨身攜帶的小筆記本，拿出口袋裡的藍筆，一筆一筆地對自己誠實，寫下所有想記得的事或是想和她分享的東西。

4 個月的時間裡，他常常想到她。

第一天夜裡聽著鄰兵熟睡的鼾聲卻遲遲不能入睡的時候、洗完澡
後在操練場上靠著微薄的燈光背著單戰報告詞的時候、打完靶後
跟著部隊長長的隊伍聊著天走回營區的時候、課間休息看著天空
裡一朵長得像某種食物的雲的時候、站夜哨時數著外頭道路上總
共有幾盞路燈的時候……

「有一個人能夠掛念，真的是一件太好的事。」想到她的時候，
他總會這樣想，充滿感謝。

但這是愛嗎？他不知道，在應該要做出決定以前，他逃避每一次
的細想。

役期結束以後，他如願地在台北找到了第一份工作。他們變得很
近，不只是在虛擬世界的親暱，連現實生活裡的彼此也已經是只
要開口邀約，就能夠見上一面的距離。

在她說想要找一天見面、吃個飯的時候，他其實是緊張的。畢竟已經是成人了，雖然也是第一次和網友見面，但他也並不害怕對方不如他預期所設想的模樣。他怕的只是真實的自己會不會損害了她心中對他的想像，在他們透過文字訊息的來往間，他總覺得她把他想得太好了些，但實際上他並不是那樣完美的人。

他也擔心或許見上這一面，有些事情就會變得明顯。

於是在他工作滿 2 個月以後，他比較熟悉公司裡的相關事務，就他自己所稱，在生活與工作取得一個好的平衡以後，他們見面了。

提前在約定的時間 20 分鐘左右，他先到了訂位的餐廳前面，但站得稍遠。一來他不想要讓她一會兒來了以後，覺得他已經等了很久，二來是他心機地想先從遠處看看她的模樣。他看了一下手機，想說還有一段時間，不如去附近走走。剛從巷口右轉，走了不到 30 公尺，就看見有一個沒實際見過，卻熟悉的面孔朝著自己走來。

「咦？嗨！走吧，餐廳在前面而已！」沒有初見網友的陌生與尷尬，除了最一開始的那個「咦？」帶著點驚訝的語氣，她像是見到一位好久不見的好友那樣，開心而自然地笑著。他則是沒料到會是這樣的情況下見到她，似乎還來不及準備好表情，就只能一臉禮貌地微笑，也還沒組織好語言，只回了句「嗨！」以後，就暫時沒再說話。

她知道他在現實生活裡不擅長和女生相處，所以在吃飯的過程裡總是主動開話題，他就會順著回應。幾句話的來回以後，搭配上好吃的餐點，一切就變得順暢起來。

坐在舒適的沙發椅裡，面對面分食著義大利麵的他們，像是已經認識好久的朋友，笑談著還沒有在訊息裡聊到的那些，關於彼此生活的一切。

隔著透明玻璃窗，晚餐時間裡的東區有很多行人，尋尋覓覓地在找著還有空位的餐廳，又或是已經用完餐了在散著步。不曉得在

這些路人眼裡，他們會是什麼關係呢？每個人可能都會有不一樣的答案，或許在他們各自的心裡，也會有著不同的解答。

在他的租屋處，一間小巧精緻的小套房裡，放有一張上頭畫著一隻豬的油畫，超級可愛。就是他們第一次見面時，她為他準備的禮物。是她去上畫畫課時，因為念著他而給他畫的。不只是因為他的生肖屬豬，更是因為他在沒事的時候、或是在沒能即時回覆她訊息的時候，總是在睡覺。

她把它畫得很可愛，像是他在她心裡的樣子。

在成功地完成了那次的見面之後，後來幾乎每個月他們都會至少找一天一起出去走走，去過華山文創園區逛了微型展、逛了白爛貓特展、也逛了擺攤在附近的手作商品市集，去過板橋人擠人的耶誕城，去過大安森林公園野餐，去過詩生活聽了漉漉的新書分享會，去過世貿一館參與了台北國際書展，去過中正紀念堂的展館看了吉卜力動畫手稿展⋯⋯

有一些是他想要去的,有一些是他陪她去的,他們擁有好多對一般朋友來說特別的回憶,卻沒有比起一般朋友而言,更特別的關係。

她在一蘭外頭的候位區靠著他的肩膀睡著過、他在耶誕城裡的人山人海裡牽過她的手、他們在幾個不同的捷運站裡,像要把彼此揉進自己身體裡那樣深深擁抱過、他們也為了兩人之間曖昧不明的關係認真爭執過。

那次他說:「妳對我太好了。」

可是他覺得他們終究不會在一起。

或許是擁有過這麼多的曖昧以後,卻還是沒能走進一段關係,才更證明了他可能再過多久都沒辦法真正對她動心。有一段時間裡,他也承認他覺得她對他的好成為一種壓力,他知道那些都只是她心甘情願為他做的、想給他的,可是他甚至沒能回予她足夠

的心意，或許可以是愛以外的東西，他都沒能做到。

他做不到像她一樣的付出。

無可否認，他是自私的，他渴望著自己之於她的特別，可同時認知到這樣的自己何嘗不是在浪費著對方的時間和對方的好。

她卻只是回了一句：「你為什麼會覺得一定要做到像我一樣的付出呢？」

她對他說人和人的付出本來就不會是成正比的，況且她若是真的希望他們兩個人之間是需要相等的付出，她早就不會理他了。

「你總是把事情想得太複雜了。」隔著螢幕，可是他卻感覺像是她輕輕摸著他的頭髮，耐心地和他說話，溫柔笑著。

她告訴他那些已經經歷過的、他們花費在彼此身上的時間，包括

了在對話框裡交換過的多少次晚安、包括實際見面時相處的時光等等，她都並不覺得是浪費，也不該說是浪費。

「不都是我們願意的嗎？我們在一起的時候，你開心嗎？」她知道他會說開心，那是實話。於是這個讓他鑽牛角尖的問題，就會有了兩個人都滿意的答案。

還以為終究得以不再聯絡作為爭執的結局，她卻用太多的包容接住了失重的兩個人。

不知道為什麼，自私的人，卻總是那樣幸運。

「就算不會交往，還是要對我好一點啦！」在他們有些嚴肅而熱烈的溝通最後，這是她的結論，而他也由衷地同意，像是一種隱形的承諾，不會常常被提及，可是需要用心被實踐。

捷運在稍微晃動後完全停下，他站起身把背包暫時改為手提，穿

過尖峰時段裡站立的人群，這才擠出滿載的車廂。重新把背包揹上，眼看就要遲到了，他見到手扶梯處已大排長龍，決定要走一旁的樓梯，也補足一下今天的運動量。

從背後看的話，背包上可愛的柴犬娃娃晃呀晃的，視線一直朝著他的身後，像是在為他守著後頭的路，也像是他帶著她走過他所有走過的路。

他們後來會怎麼樣呢？沒人曉得，故事還在繼續寫著。

會幸福的吧，就算不能一起。

能 有
夠 一
掛 個
念 人

每一個選擇

第四節車廂的
冷氣故障
車長請大家
往兩側車廂移動

有人怕熱
就主動起身離開
有人怕的不是熱
是跟著別人
總才帶來心安
所以也走了

有人留著
他們或許是
適合夏天的人
也或許不是
只是擅長維持現狀

對於變化的什麼
他們總是沉默
然後習慣

想起你是怕冷的人
想起你做的
每一個選擇
想起我們

如果你在
你會走嗎
你會像上次那樣
留下我嗎

還不了你那句沒關係

今年，是真的忘記你的生日了。

下班後吃著晚餐，滑手機時看到朋友在聊天的群組裡面提及。見到你名字的時候，其實還是不小心多看了幾眼，比平常更仔細地看過他們說了些什麼。

幸好不是在現實裡的聚會提到，不然怕是那種言談裡不自然的感覺，還是會被誰發現，像是不停地喝水、像是試圖岔開話題，又或是還想從別人口裡聽到那些關於你的，已經與我無關的事情。

曾經那麼愛你的我，明明就好像還活在離自己不遠的地方，怎麼突然就會發現，其實已經連你的生日都記不住了？無意間覺得自己變得陌生，日子過著過著，自己好像也成了像你那樣殘忍的人。

我應該要記得的，我的初戀，你的所有。

認識的第一年我聯合你身邊我們所有的共同朋友，為你辦了一個

小小的驚喜慶生，那時候我們還沒在一起。活動結束後一起回復場地時，滿臉刮鬍泡的你用已經看不出到底是什麼表情的臉，和我說了一些話。

你說你是不太過生日的人，不是不喜歡朋友們幫你慶祝，只是因為你的生日剛好在暑假，所以通常只會收到祝福的訊息，鮮少收到禮物或是有人認真替你慶生。

「你這是傲嬌！你明明就很喜歡大家一起幫你過生日的感覺！」翻了一個白眼，手扠著腰的我義正詞嚴地指證。你沒有反駁，卻也沒有接著剛剛的話題，只是笑得有點靦腆地說了一句作弊的話。

『謝謝妳。』

或許是這一句話，也或許是當時你笑起來的模樣，我才下定決心說什麼也不該錯過眼前這個人，無論如何也不行。

那句沒關係　還不了你

我是說，無論如何。

所以費盡千辛萬苦，累積過幾本在上課時偷傳的悄悄話本、來回了無數下課後課本或講義習題的問與答，再加上我死纏爛打，喔不是，我是說真心誠意地關心，最後不斷明示加暗示地告訴你該是時候「和我表白」。

終於，我們確認相愛。

我沒有錯過你，還沒有。

熱戀的時候，明明過著的都是和以前相同的生活，上課、讀書、複習，然後重複再重複，這些原先乏味的過程，卻都像是一種新的體驗。

原先應該用來準備下堂課小考的下課時間，如果你也有空，會想要和你說說話；通常因為一早上所有課程的疲勞轟炸，吃過午餐

就會逕自趴下休息的我，如果你也不累，會想要和你出去走走；晚自習開始前、晚餐後的空檔時間，如果你也想我，會想要和你去操場上散散步，聊聊一天的所有。

第一次牽手，心跳加速，因為出了點手汗，怕你覺得不舒服，還急忙把手從你手裡抽回，你還作出像是「我被討厭了」那種無辜的神情；第一次擁抱，輕輕靠在你胸口，分不清是誰的心跳聲像是直接響在耳邊，頻率逐漸變作相同，我們同時說出類似的話：「我好喜歡你身上的味道。」然後抱得再緊一些；第一次接吻，兩個人都僵直了身子，找不到一個合適的角度，該閉眼或不閉？該把頭斜向哪邊？像做科學實驗，距離 3、2、1！接觸到你的嘴唇，或許是夏天的緣故，有些乾澀，卻很柔軟。或許不應該想該是什麼味道，畢竟不是食物。

這些所有的第一次，除了緊張，就都是喜歡，好多、好多的喜歡。

或許是那時候用掉了太多的幸福，所以隨後迎面而來的現實，才

顯得那麼殘酷。

不久之後，命運向我們提出一個問題，像是一些情侶都會遇到的：
遠距離。

大考結束後，你選擇了台北的學校，我到了台中。其實搭客運快
的話只需要 2 個小時左右的車程，若是選坐高鐵的話，還能再快
一些。變得便利而快速的交通和日新月異的科技，解決了許多檯
面上的問題，而將人們從期盼裡擊落的，往往不是原先所擔心設
想的這些，卻是原本堅信不疑的那些。

例如說你。

一開始如同約定那樣，每天晚上就算不打電話，也會用 LINE 聊
天，交換彼此一天的日常，或只是分享印象深刻的事情。我知道
你不喜歡講電話，也不喜歡視訊，所以如果不是你主動，我都盡
量不用那些方式打擾你。

除卻晚上的時間，偶爾特別想你的時候，還是會忍不住傳訊息給你，但也不會直白地和你說「我想你了」，多數時候都會傲嬌、假裝高冷地問你「欸，你在幹嘛？」知道不應該希望你馬上回、不應該著急地一直傳貼圖給你，所以都會把手機放進褲子口袋裡，心想等到手機震動才能再打開和你的訊息。然後每一次覺得已經過了好久的時候，拿出手機，卻發現其實才過了 5 分鐘而已。或是好不容易盼來震動，卻是提醒我該繳電話費的簡訊，雀躍到失望的轉換不到一秒，差點沒把手機丟出去。

以前讀書的時候，一天裡幾乎有一半以上的時間都待在一起，或許是這樣吧，明明不是太遠的距離，只是不在一起，還是容易覺得空空的。

不能在想牽你手的時候就牽你，我們隔著 3 座城市的距離；不能在想抱你的時候就抱你，我們隔著 2 個小時的距離；不能在想親你的時候就親你，我們隔著一個螢幕的距離。

在這些可量測的距離裡，會擔心、會失望、會懷疑，可是幸好，還能愛你，至少還能愛你。

接著劇情在我尚未察覺到的地方急轉直下，在那個對我陌生的城市，沒有第三者，有的只是一個變了的人。

『我沒有愛上別人，只是我覺得感覺淡了。』在幾乎快一週聯絡不到你以後，在我傳了 70 幾封訊息以後，在我打了 20 幾通電話以後，在我問過所有你身旁的朋友以後。我搭了很早的車，隔天的期中考科目我還一點都沒念，台北灰灰的，下著不算小的雨，我沒帶傘，淋著雨從捷運站出口走到你宿舍，你終於肯開口。

你拿了乾的毛巾給我，我沒有接，我只是看著你，一張熟悉不過的臉，卻又同時覺得陌生。你起初看到我的表情，精準一點來形容，應該是驚恐帶一點愧疚。有些不敢置信我為什麼會在這個時間點出現在這裡、有些害怕當時憔悴狼狽又濕透的我、有些愧疚曾經多愛的人終究我們變成這副模樣。

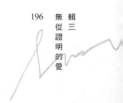

眼淚好像已經在前幾天裡流完了，或是剛剛在淋雨的那段路上，又哭過一遍。記不得了，流淚突然變得像是本能，自然得幾乎就要不能察覺。可是真的見到你的時候，卻又哭不出來，明明很疼的。

「感覺」是一個多好的理由，該說些什麼來抵抗呢？連錯都不知道錯在哪裡，找不到問題，就永遠沒有解套的方法。還在學校裡的時候，有一陣子我們討論到在這段關係裡，是誰選擇了誰，討論到是誰先喜歡上誰的。那時候你開玩笑地說：『很明顯是妳先喜歡上我的吧，我是被半強迫地選了妳！』

其實我在意這樣的答案，對你來說，我並不是你的選擇；對你而言，我們是因為感覺對了，所以自然而然地就在一起了。那麼現在我們因為感覺變了，所以分開，也是理所當然的事。

我無法拒絕你的答案，無懈可擊的邏輯裡，並沒有愛。你是我的選擇，就只是我的選擇，我的決定成立不了你的決定。

「我愛你」是太過薄弱的話，也是一件不大重要的事。不愛了以後，那話甚至傳不到心裡，就只在耳邊徘徊，像是惱人的蚊子，或更令人生厭。

愛如果真的會改變一個人，那不愛也會。

你讓我坐到了交誼廳的椅子上，像以前一樣先是幫我把頭髮擦乾一些，然後再用吹風機替我吹乾。你還是沒變，會用吹風機在一個地方待太久的時間，得要我和你抱怨說太燙了，你才會說對不起，然後急忙換吹其他部分。這次還是一樣，只是我沒能開口。

我介意的，比這件事來得重要得多，而我不想要你有機會說對不起。

細心端詳你的輪廓，好像曬黑了一些，剛睡醒的頭髮還是那樣亂糟糟的。遠距離的情侶久久見面一次，理應都是快樂重逢的場景，我卻像是帶著一座城市的傷心找上了你。

我沒有再問你「為什麼」，或許知道你也給不出更好的答案，如果有，我想那也只會更傷人；我也沒能再和你說一句「我愛你」，因為我心裡知道你聽起來會變成「求你了」。

我們像是一場不知道演到哪裡的默劇，一個演員著急想要結局，另一個卻拖著劇情。我把背包打開，把裡頭的東西一件一件拿出來，是你借給我的外套、是你可能不會再用的 MP3 播放器、是我的日記。

你的外套已經沒有我熟悉的味道了，我也沒有理由再把它留著，所以還給你。然後可能你已經不再喜歡我常用的香氣，但因為我都會抱著它睡，所以對不起；裡面裝滿以前你最喜歡聽的歌的 MP3 播放器，現在你都用手機播音樂了，可能以後你再也不會用到它，可是它還好好的，所以還給你；那本日記裡我寫了很多關於我們的事情，這些日子裡我的情緒和你逐漸遠離我的軌跡，和最後想寫給你的一些話，以後也沒有我們了，所以還給你。

那句沒關係 還不了你

這些我都沒有對你說，我只是輕輕地把它們都擺好，還給了你。

你想要撐傘送我離開，說至少要送我到轉運站搭車回去。我接過你手上的傘，已經不是高中時你用的那把，你的生活有好多更新，我其實沒有跟上。

「不用了，你回去吧，我自己回去就好。」我試著很淡很淡地說出這些話，把表情藏在雨傘遮住的邊沿。

『可是……』

「我不想要你陪我，我不想在你面前哭。」把話說得很慢，像是要讓你聽清楚，又像是在說服我自己。

『好，那妳自己要注意安全喔……』你好像欲言又止。

「如果有機會的話，我再把傘還你。」我轉身離開，真的要走的

時候，努力用眼眶噙著淚水。還不能哭、還不能哭，我告訴自己。

『對不起。』你還是說了，在我還聽得見的距離裡。

對不起，像傘一樣，我還不了你，還不了你那句沒關係。

我回到家囉

你說你在等我
在各自回家以後

你的掛心總是短暫
又顯得有些急迫
向你報備的時候
突然覺得自己是你的
東西
難過是有點
有些竊喜

於是見面於是分開
於是掛念於是停止
於是我們成了
短路的迴圈

有一天要下定決心

下次見了面
分開以後
就不回你訊息
不報備

假裝你會
用一輩子等我
不愛我也沒關係

我有一天要下定決心
我有一天就會
不愛你了

走出迴圈的方法
如果不是相愛
就得有人先
狠狠走遠

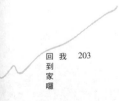

輯
四

你的輪廓還在雨中

你選擇離開以後，
我怎麼選，
都像要逃。

而我懂了你只是，途經。

村上春樹：「每個人都有一片自己的森林。」

森林裡的樹遲早都會枯死的，人或許也會，只是樣子比起樹，多了
千百萬種。就算這樣，我也不在乎。

活著的時候，已經有許多在意不來的事情。該會如何死去，真的無
從在乎起。

「你不覺得，年輪的樣子，很像我們的指紋嗎？」

年輪硬生生地將時間刻下，把那年寒暑用深淺紋路記載。那指紋
呢？掌心裡是不是也印過另一個人的宿命？這些像有著輪迴之意的
事物，是不是都把宿命、時光，悄悄銘記？

樹只能枯死在起初落根之地，可是你。
我不要你枯死，可我更不想你走。

這是我的林子，曾住過你。

謝謝你與我愛你

隔著一個走道的女孩按了下車鈴，我拿起手邊的雨傘時，和她對望了一眼，然後迅速撤開眼神。從後側的車門下車，下車前輕輕地和公車司機說了一聲：「謝謝！」手裡握著前陣子剛買的自動傘，可是我沒打開，逕自就低著頭往家的方向走去，心想的是就這麼幾步路的距離，又何必把傘撐開呢？

如果你還在身邊，一定會搶走我手上「無用武之地」的雨傘，在打開的過程裡，還不忘碎念幾句，像：『淋雨會禿頭妳不知道嗎？妳禿頭我可是不會要妳了喔！』或是『妳可不可以不要這麼懶呀！等一下感冒傳染給我怎麼辦？』

以前我特別喜歡這些日常繁複的叨念，甚至會故意在雨天、見面以前不把傘打開，想要聽你說這些話、看著你按開自動傘的按鈕，然後一直看著，直到你有些害羞地把眼神轉開，不再唸我。在這些累積的時間裡，我總覺得踏實：「這個人是真的在乎我的。」我忍不住會這樣想，綻開笑意。而後你會把傘接過手上，把我拉進懷裡，在雨中匆忙的人潮中，任世界擁擠。

我總是在這些時候變得刻意，扮演像是爭寵的孩子，但其實也只是想和你完成這些書裡見過的、電視劇裡看過的，浪漫的劇情、日常的場景。

不厭倦的是你，不是這些劇情；喜歡的是你，不論哪個場景。

不過通常別人接下來說的都是「我愛你」之類煽情的話，可我不是，我最常說的反而是「謝謝你」。你總說我不像別的情侶一樣，那麼常對你說「我愛你」，可你也理解有些人並不擅長把感情掛在嘴邊。有時候覺得我們禮貌得不像一般的情侶，可是真的有好多感謝想要對你說，當然也包括好多很難直接開口的愛。

你知道的吧，我對你說的「謝謝你」，裡面更多成分其實是「我愛你」。

我記得很清楚的是有一次我們在雨天裡把傘扔到一旁，不是什麼一起淋雨的浪漫橋段，而是我生氣地追著你要揍你。因為那次你

幫我撐起傘後，靠近我、抱著我，接著貼近我的耳邊，能仔細感受你呼吸熱度的距離，開口第一句話居然是『妳頭髮幾天沒洗了？』表情是我從來沒看過的認真。那天的雨明明不大，可是到最後兩個人卻都半濕了身子，回到房間洗完澡，對著鏡子，你幫我吹頭髮的時候，我們明明什麼也沒說，但兩個人都笑得好開心。

「沒能戒掉不撐傘的壞習慣，倒是被不斷往前進的時間和生活要求得戒掉你。」

等你

像窗外下起大雨
我在等你
你只是笑著揮揮手
把窗戶關上
不聞不聽

我還在等你
我不傷心

你選擇離開以後
我怎麼選
都像要逃

部分的你

你後來單身了好長一段時間。

一個人久了以後，好像無意識地陷入一種僵局，但也不是被困住，就只是不進不退。害怕麻煩的自己、懶得主動維繫關係的自己、告訴朋友說是已經習慣單身的自己、一個人吃完晚餐以後又回到一個人的房間的自己，這些都是一部分的你，卻稱不上是全部。

不能讓心動的人對自己動心，也說服不了自己去愛上已經喜歡自己的人，你總說後者那樣「不公平」，說是對方的全心全意就只是換得你的試著努力，更何況你對於不發自內心熱衷的人事物，總是那麼容易放棄。

你的不公平，也都有這麼溫柔的藉口，像是真心在為對方著想，可是誰知道呢？你所謂的不公平，其實也只是為了自己。

你只是覺得那樣對你不公平吧，你還是有放不下的人。
愛不到自己最想愛的那個人，還裝作自己一生無求。

再沒有幸福過

後來他再沒有幸福過。

有人說愛他的時候，他還是會覺得快樂，還是會有那麼一瞬心臟漏跳了一拍，可是太短暫。接下來的時間裡他想的並不是對方好或不好，而是想到自己。沒有人知道他在害怕什麼，他做什麼事都做得好，可是就唯獨談感情這一件事，他在開始前就決定放棄。

有幾次好像就差那麼一點，他自己都覺得自己就要被對方打動，眼裡看見的不再是那些想像到的關於兩個人悲劇的收場，卻是自己也終於能夠擁抱像一般情侶一樣的幸福，可是到頭來還是做不到。

一旦對他太好，他就想逃。

很多一個人獨處的時候，他就會想「是不是自己做錯了選擇？」任由蓮蓬頭的水沖打在自己臉上的時候、假日裡什麼也沒做而躺在床上的時候、聽著洗衣機吵雜的運作聲覺得自己什麼也做不了

的時候，他就會想、他總在想，可是不能想得太深。

他不敢後悔，他不敢在後來回頭時認為是自己做錯，他自憫自憐地覺得自己再承受不了偌大的憂傷。

然後又想起那些愛過自己的人，明明是悲傷的事情，他卻覺得快樂。那些他們給過的愛、給過的眼神，他都留著，就算過期了他還是節儉地用著。現在沒有人愛他了，他有時候會在意，有時候則不，自由和悲傷都占他身體裡的一半。

後來他活得很好，只是再沒有幸福過。

來生

如果確定有來生
那我就答應自己
忘了你
忘了你

若有人問起
會在後方的臼齒
緊緊咬住你的姓與名
嚥下一口口水
被發現眼神失焦以前
就說忘記

如果看起來
並不那麼牽強
還算僥倖

不偷不搶
的一生
就誰也對得起

除了自己

現實的愛永遠殘缺

好像莫名其妙地就來到一個不小不大的年紀，也不是覺得自己老了，就是覺得不想要再被當作女孩看待了，在職場或生活上都希望如此，或許感情上還有一些念想，但現在應該是成真不了了，也就作罷。因為這樣剪短了頭髮，把照片給朋友看的時候，他回說：「滿適合妳的耶！有種職場女強人的感覺。」完全就是我想要的回答。

越是長大以後，就算自己真的不在乎日子的累積，可妳身旁的人會開始為妳在意，男生女生好像都一樣，只是女生又會被再多關心一些。非得在檯面上擺上幾個曖昧對象，宣諸於世告訴大家：「姊現在行情很好！」才能省去朋友或長輩那些過多的關注。

有些事我沒有說，要嘛是說了沒用，要嘛是他們不是我願意說的人。感受著「喜歡你」的情緒在心裡浮動的時候，總覺得自己年輕，因為還願意這樣浪費時間在你身上，這樣心甘情願的時間，還能多久呢？

從和你告白之後，到現在也過了半年了，你離我越來越遠，說不在意是假的，「早知道就不要告白了！」這種想法也在腦海裡響過無數遍，不過終究是說了，結果怎樣都是不會改變的。所幸還是有好事發生，離得遠些，有些事情反而看得清楚，像是原來「你不愛我」和「你對我好」這兩件事並不互相排擠。

我自己也不知道是因為我愛你，才想對你好，還是因為想對你好，才把愛你當作理由。愛好複雜，我一點也不想搞懂這些，我只知道你疏遠我，我會難過；只知道你不愛我，我還是願意對你好。

對你來說，愛是什麼呢？你可以相信我是愛你的嗎？

喜歡你久了以後，總覺得你在我心裡成為某種樣本或模型，只有在上班時間偶爾會遇見的我們，我卻總可以在下班後、在自己的生活裡時常遇見「你」。不是真的你啦，我是說像你的人。

並不是你對我來說可以是任何人，不是因為覺得你可以被任何像

你的人取代，只是在那些很瑣碎的片刻裡，我老是想念你，像你的人不會知道，你也不會知道。

想到比起現在親密許多的以前，想到過去一起做過的事、一起說過的話，可惜的是那些完整得只是過去的「他們」，現實的愛永遠殘缺。

最好的浪漫

17、18歲的時候，一輩子都只陪在一個人的身旁，在我的想像裡，是那樣枯燥乏味的事。

好比現在爸媽總說著要讓我去考公務員，說至少國家不會倒，說是求一份穩定。是啊，「穩定」這個字眼多麼精緻，精細得像是一只從不失準的錶，而且必然是手工製造。公務員的確穩定，可是太穩定了，我自己知道或許有一天我會想要那樣安定的工作，可惜不會是現在。

生命裡所有的分類都應該有各自的階段，工作是一部分、感情該是另一部分，或許難免互相影響，畢竟一個人的靈魂狀態如何可能分裂得太過徹底。工作上說什麼都不願的安穩，卻在感情裡求之不得。對你說過那樣傷人的話，說我們還年輕、說我想多出去看看、說我們誰都不要等誰。就這樣自顧自做了決定的我，以前自私的模樣還歷歷在目。

深刻的記憶像是滾輪逕自碾壓過所有的昨天，不由分說地來到我

面前。就算那時的我們幸福得讓旁人都羨慕，甚至其實自己也害怕再也不會遇見像你這樣愛我的人。可是在最衝動的青春裡，我還是未曾因為那樣至誠的愛而留下。

要說我不後悔嗎？或許更多的是不敢後悔吧。做錯事情的人，其實連後悔都是一件奢侈的事。

如今我感覺衰老，或許更多人寧願說這是成熟，但是藉由傷害他人得來的結果，可能更值得一個略微負面的詞彙。

17、18歲的時候，一輩子都只陪在一個人的身旁，在我的想像裡，是那樣枯燥乏味的事，一輩子多長啊。

現在，一輩子只想陪著一個人老去，把瑣碎的日常過得平安，在我的想像裡，是最好的浪漫，一輩子太短。

在我值得被愛以前

玄關的燈壞了
在我值得被愛以前
比起完全壞掉
它是一閃一閃的
像恐怖片裡的那種
更令人害怕

常用的洗髮精改版了
在我值得被愛以前
站在櫃前好久
像是商場裡走失的孩子
可是沒人替我廣播
新版的包裝很美
結帳的時候
把失望也一起
結給店員

夏天真的走了
在我值得被愛以前
房裡的滾筒洗衣機
35 分鐘的自動洗衣脫水
在做夢以前
記得把衣服晾起來
隔天早上
它們還是濕的
可我記得昨晚自己
並沒有哭

你找到心上人了
在我值得被愛以前

今天我要傳 LINE 給房東
請他幫忙修燈
新版的洗髮精是甜甜的果香

但它不像以前一樣去屑
媽媽讓我少用烘衣的功能
但夏天已經走了

你找到心上人了
在我值得被愛以前
燈會修好的
洗髮精會喜歡的
夏天明年會再來的
你會幸福的

你的輪廓還在雨中

好久沒有聯絡了，突然想起你的時候，像和世界隔了一道玻璃牆。下班時間的公車裡人人都離得很近，可是我卻覺得他們很遠，因為我在想你，對焦並不在視線所及的範圍，沒人知道。（但我看起來一定很傻。）

如果我告訴你，那種感覺像是場景設定在下雨天的咖啡廳，外頭匆忙躲雨的行人和店內悠閒氣氛的對比，你會明白嗎？裡頭的人無須知道外頭的苦難，我不曉得那是一種幸運還是傲慢，但無所謂，你是裡頭的人就好。

想起你的時候，你的輪廓還在雨中，稜角並不明顯，執意說要分開時的那種銳氣、惡意及那點若有似無的愧疚，倒是清晰。腦海中轉過一輪又一輪你曾出現在我眼裡的模樣，不知道為什麼，覺得那些記憶都像是造假，不是幸福過了頭，就是太多快轉以後一眼成空的哀愁。

想來對於生命曾密切交集過的人來說，所有的記憶都是極端的，

像翹翹板，不能擅自定義誰是好的誰是不好的，而我是輸的。其實更多的是感覺慶幸，自己居然也那樣熱烈地活過。

上公車前經過的一家托兒所，家長們陸陸續續把孩子接走。我不知道先後順序對孩子來說重要嗎？不知道孩子是不是喜歡在那和玩伴聊天玩耍勝過回家，我看到的是有孩子一直盯著門外，卻一直等不到要等的人，的那種眼神、在幾次門開關後的失落，好像最後那段日子裡的自己，不同的只是他們還在等待就一定能換來結果的年紀。

你並不知道除了你的放手以外，我得花多少傷心和勇氣，把你途經。

我沒有不要你

其實不需要那些
額外的尊嚴
其實你走了
我還是可以追

留不下你的我
對我自己來說
一點用也沒有

突然想起來小時候
自己最愛的一個玩偶
我沒有不要它
從來沒有不要它
可是有一天它還是不見了

爸爸媽媽說
一定是你弄丟的

玩偶怎麼會自己跑掉呢
我不知道
連續好幾天都
哭到睡著
它還是沒有回來

我沒有不要它
真的沒有
也沒有不要你

我好像又不小心
弄丟自己最愛的東西
這次是人
真的

假鳳凰

有一陣子，她覺得自己生命裡將會有一塊空洞的部分再無法被完整，旁人如何讓她感受被愛，她還是覺得寂寞。

就算把餘下的每一道光都點亮，試著像朋友說的那樣，重新回到一個人的生活，有更多自己的時間可以做自己喜歡的事，只要去在意那些真正在乎自己的人就好。

可是他們看不見，過往的回憶是怎樣在他們所謂「一個人的時間」裡張牙舞爪地追殺她，她哪有地方可以逃？

那些日子裡，生活成了一場沉默的逃亡。

她活得比以前更出眾、更耀眼，但是她不快樂，她疲乏於這樣人際的交往。然而她如果不這樣演出，那些來自朋友親人們關懷、安慰的目光，就會讓她更瀕臨窒息。

她開始覺得自己過日子變成一種圓謊的行為，而且這個謊言就要

取代她的現實，她可能再也沒有機會說實話。

一個人的時候，她甚至也極端地怨恨過朋友，心想不知道要到多久以後，他們才會發現一個事實：「原來他們從來沒有陪著我變好，從來沒有。」

沒有人知道，她就要耗盡所有自他那得來的光明，而真理是「借來的都必須償還」。

她不再怕黑，她更怕這樣活著。

那些浴火重生的故事多麼動人，可惜沒有人知道她不是鳳凰，她是假的。

孤島

把來時的船打碎
把岸也磨成
不能停泊的模樣
把樹都砍得
參差不齊

孤島不是隱喻
愛一個人其實更像是
困住一個人

食物和水
就細嚼慢嚥
它們像你
消耗品
吃一點
喝一點
就少一點

原來沒有退路的
只剩自己

愛是致命的病

1. 熱戀。

餐廳裡晚餐時間坐在我對面的她：「他跟我說我現在這樣已經很好了，可是因為他，我開始會想去做一個更好的人，想要去學化妝、想要讓自己更瘦一些，可以讓他更幸福一點。」

她說話的時候，笑意甜膩，說的那些話像是一片滿開的花海迎來微風。

我是看風景的人，他們像畫。

2. 爭吵。

後來有段時間聽說男生確實有和另一個女生發生些什麼，她在 IG 寫說：「感情的效用，本質上是傷害，副作用才是幸福。」

配上一張醫院藥袋的圖片，上面有一些模糊，是用修圖 APP 後製

上的馬賽克。她是一年裡幾乎不太會生什麼病的人，可是那陣子，在愛與不愛間的折返，無從躲避的悲傷用眼淚把她淋濕，曬不乾的日子，終於還是把她熬成了病。

少數幾個比較親近的朋友知道，她開始要用安眠藥才睡得著。熱戀時許的願望，不小心就成了真，她變得好瘦、好瘦，甚至有些骨感。笑起來的時候，也只是微微牽動嘴角，像是在學該怎麼才能，笑得自然。

愛是致命的病，只是有時像藥。

3. 分手。

限時動態裡她寫著：「以前一直掛在嘴邊的未來，原來不一定會來；現在我以為會過去的，不見得真的過得去。」

她對於時間變得敏感，時不時就得拿起手機查看，好像只有這樣，

她才能確定她的日子依舊在流動，而時間會替她帶走一些不想要的什麼。

時間得替她帶走一些不想要的什麼。

4. 真相。

回憶裡的我們萬無一失，現實裡的我們千瘡百孔。

後來

後來
你在意一件事的時候
靜靜地，像樹
你喜歡一個人的時候
遠遠地，像海

你還是那個好溫柔的你

你還是那個好溫柔的你。

搭著向上的手扶梯跟著人群從捷運站的出口出來，看著往下的人們手裡都拿著濕漉漉、剛收起的雨傘，一些人頭髮和衣服上都留有外頭糟糕天氣的痕跡，我心想：「還好今天出門時有記得把傘帶上！」不禁為自己的機智感到開心。

出口處有比平時更多的滯留人群，想來是因為手邊沒傘的緣故，又或許是暫時在可遮雨的地方等人。我從背包裡拿出輕便的折疊傘，但還不急著撐開，得先傳訊息問一下你在哪了。將雨傘掛在左手的手腕處，右手從外套口袋裡拿出手機，螢幕上顯示的是當下的時間和正在播放的歌曲，陳奕迅〈心的距離〉。

已經點開了和你的對話框，正準備傳訊息跟你說我到了的時候，就看見有一個熟悉的身影撐著傘騎著 Ubike 經過眼前，臉上是有些苦惱的神情。因為雨天的緣故，大部分的 Ubike 都還好好地留在原地，幾乎沒有可以還車的空位。而後你看到有一個穿著全身

黑色套裝的女生正準備嗶卡借車，你就急忙把車牽過去，這才順利地還了車，有些大聲地和那個人說了謝謝，笑得很開心。

你把雨傘換過右手，輕輕轉動了左手腕，看了看時間發現自己好像已經遲到了，就有些匆忙地往捷運站出口小跑步過來。我一直盯著你看，想說你什麼時候才會發現我，看著你自以為動作輕巧俐落地避過所有水坑，就覺得想笑。只是一直到就剩 10 公尺左右的距離，你才抬頭看見了我，朝我大力地揮手。

原本預先已經想好你一過來，你收起傘之後要調侃你說：「剛剛借車的那個女生漂亮嗎？看你笑得那麼開心！」結果你不知道看到稍遠處發生了什麼事，和我隔空喊話說：『等我一下！』就急急忙忙往另一個方向跑了過去。

忍不住好奇，我把傘撐開走了出去，想看看你要做些什麼。你這次沒能避開路上坑坑洞洞的水窪，逕直跑了過去，是一個沒有撐傘的奶奶，手裡還提了一堆袋子，裡頭裝滿了各式各樣的青菜。

你先是跑到奶奶的身旁，並沒有直接幫她拿走手裡的菜。你幫她撐著傘，接著才用台語問她說：『奶奶，我幫妳拿這些好嗎？』看起來有些害羞的奶奶一開始說了謝謝，然後也用台語回說：「不用啦！就快到了！」卻拗不過你的堅持，奶奶還是請你幫她拿了一些，但也說不能全部都讓你提，開玩笑地說怕你跑掉。

總算到了捷運站以後，你因為拿著幾袋菜不好收傘，「給我吧！我幫你收！」終於有我的戲分了，把傘從你手裡接了過來，一旁的奶奶好像有點驚訝，不知道原來旁邊還有著你的朋友。陪著奶奶在進捷運站前聊了一會兒，才知道奶奶因為很久不見的孫子剛好上來台北，她想要為他做一頓豐盛的晚餐，所以才會自己一個人出來買菜，但沒想到買完要回去的時候，突然就下起大雨，這才遇見了熱心的你。

如果不是奶奶阻止了你，你原先還想要陪著她搭到她住處附近的捷運站，真的被拒絕的時候，還一臉心不甘情不願的樣子。和奶奶說了再見以後，你好像才終於發現了我的存在，帶著無辜的眼

神向我道歉說不小心又延誤了這麼久的時間。

看著剛剛因為要幫奶奶撐傘，為了不讓她再被雨淋到，硬是把小小的傘下空間大半都給了奶奶，結果半邊身子幾乎全濕的你，就算明明是做了這樣善良的事，還是願意和我道歉的你，我哪裡還能責怪些什麼呢？

你還是那個好溫柔的你。

突然就覺得很慶幸，自己喜歡過的這個人，真的，很值得喜歡。

雖然那時候你拒絕了我的心意，可你卻哭得比我還要傷心，我都差點搞不清楚到底是誰告白失敗，還得要反過來安慰你。你說你很怕因為這樣，我們以後就再也不能聯絡了，你說你不想要這樣，你說對不起，你說拜託以後還是要理你好不好？

整間咖啡廳的視線不出意外地全都聚焦在我們身上，可是明明是

我被拒絕了啊，為什麼感覺像是我做錯事了！我急忙把桌上一旁的衛生紙一整疊都遞給你，然後答應你說自己會努力把對你的感情收回來，但我們還是可以維持好朋友關係，如果這真的是你想要的，那我就願意。

「那你別哭了，好不好？」像是哄小孩子那樣，原先坐在對面座位的我起身走到你身邊，然後蹲下和你說話。過了一下子，你才止住淚水，然後小小聲地和我問了一句：『真的吼？』你哀怨的眼神，讓我一瞬間又好像來氣了，又氣又笑地說：「真的啦！我騙你幹嘛啦！」我開始懷疑自己怎麼會喜歡這個像長不大的小孩的你，我是不是上輩子對你做錯了什麼事情。

最後我們又坐著聊了一陣子，過程中你還問我說是什麼時候開始喜歡上你的，感覺有點害羞又好像有點得意，完全是得了便宜還賣乖的傢伙。在各自離開以前，我向你要了一個擁抱，其實也不算有詢問你的意願，我就直接抱了上去。

還是覺得有點可惜，我們有這麼適合擁抱的身高差，我這麼了解你，而你也同樣。可惡，明明我是這麼好相處的類型，不吵不鬧又超容易滿足，可以給你需要的個人空間，可以接受你打遊戲，可以陪你耍廢一整天，可是你還是不喜歡我。越想越難過的我，現在享受著你的擁抱的我，終於還是哭了出來，又把你抱緊一些。

你也不知道怎麼安慰我吧，所以你也沒有說話，只是順著我、讓我抱著。隨著時間過去，你的身體不像一開始被我嚇到的時候，那麼僵硬，像是調整著最合適的角度，越發地放鬆下來。

發現我好像不再哭了，你也沒有把我推開，你好像是想要把我逗笑：『安安，需要點播一首晚安曲嗎？妳該不會真的睡著了吧！』

「不能睡著嗎？你是不是不喜歡被我抱著的感覺？」我很小聲地在你胸口的位置用因為剛剛哭過而稍微顫抖的聲音問你，同時作勢要把你推開。

『沒有啊，我怎麼可能不喜歡啦！妳不要污衊我的人格好嗎？』
「那你還不是不喜歡我……」
『這……』好像又說了句不該說的話，我們都沉默。

在你懷裡的時間過得好慢，可以清楚地聽見你的心跳聲，因為緊張而加快跳動著，其實我也一樣。

你有聽過一種說法嗎？人一生的心跳次數是有限的，所以不管因為什麼原因，而心臟加速跳動的時候，都像是在前往死亡的旅途裡，加快了腳步。

你知道嗎？我們在這樣的瞬間裡，都像是為了彼此而不怕死過。

在我終於決定要把或許是第一次也是最後一次的擁抱結束的時候，你醞釀了好久的話才順利開了口。

『謝謝妳喜歡我，是真的很感謝。一直不覺得自己是一個值得被

愛的人，更不用說被像妳這麼好的人喜歡。謝謝妳說好，說還願意和我繼續當朋友。謝謝妳主動抱了我，謝謝妳因為我哭，謝謝妳喜歡這樣的我。對……』

「欸欸，不要再說對不起了！你又沒做錯事情，我們都沒有做錯，所以都不要說對不起。」離開了你的懷裡，在你又要說對不起以前，成功阻止了你。

氣氛突然變得有點尷尬，此時剛好我要搭的捷運來了，能夠順勢和你道別。

「我走囉！下次見！不要自己說要繼續當朋友，結果又不理人喔！如果下次隔了很久才約我，我就揍你，而且你還要請客！掰掰！」舉起還拿著剛剛擦眼淚的衛生紙的手揮了揮，向車外的你說再見，在車門關閉以前，聽見你說好。

後來大概過了 1 個多月左右，我們才又見面吃飯。其實不是你的

錯，是我自己覺得會有點尷尬，覺得好像還沒能把對你的感情收拾乾淨，所以才一直延遲再次見面的時間點。還好你還是像以前那樣，會傳訊息來跟我分享你生活周邊發生了什麼特別的事，也會在我偶爾的貼文下方留言，還會跟我說認識了哪個新的女生。

當然，關於最後一點，有先詢問過我會不會在意。

這一次見面，距離和你告白已經過了好久，我們好像終於做回最好的朋友。雖然有時候還是會覺得為你動心，可就只是會想「這個人真的很好」，然後就再沒有其他想法。

我過有自己的生活，有新的曖昧對象，也不會在相處的過程裡拿你和他來做攀比。你也有自己的人生，雖然還沒遇到讓你動心的人，可你同樣把感情以外的人生活得很精彩，享受單身。

「你就濫好人一個！原本預約的餐廳時間都已經過了，你看現在要怎麼辦？」邊走出捷運站，我邊演出埋怨的表情和你說。

『瘋……那不然我們在附近找一家妳喜歡吃的餐廳，我請客怎麼樣？』

「那家餐廳我訂很久耶！已經不是請客能解決的問題了！」

『那……』你有點著急、有點不知所措。

「騙你的啦！我剛剛有先打電話過去跟餐廳延後用餐時間了，你以為我跟你一樣笨喔！」

『那就好！妳幹嘛騙我，很好玩嗎？妳給我過來！』

「我哪知道你這麼好騙啊！都這麼大了還是這麼笨！」

雨已經小了很多，路上的人們漸漸把傘收了起來，我們走在前往餐廳的路上嬉鬧地說著話。

要多幸運，才能和一個自己曾經喜歡並且告白過的人繼續像這樣走著呢？我們沒有好聚好散，因為我們還沒有散，我們還會這麼幼稚、還會這麼善良，還會這樣很久、很久。

謝謝你還是那個好溫柔的你。

如果可以，要願你永遠如此，快樂如此、平安如此。

記得，然後捨得

居酒屋裡的氣氛大概從晚上 8 點後真正熱絡起來，第一輪的客人會在這時候把桌上的食物都差不多吃完，陳列在每個人眼前的酒杯也是時候見底。在酒精的作用下，有些人的臉色變得紅潤，在店裡昏黃的燈光下更覺明顯，有些人喝過幾杯後外觀上還是一如往常，可也就只是看起來沒事，言談舉止間像是全然換了個人似的。

最角落的邊桌裡坐著 4 個大男孩，看起來像是大學生的模樣，桌上除了兩桶 2 公升的酒桶以外，什麼菜都沒有。因為店裡正好舉辦著買 1 公升送 1 公升的活動，他們 4 人好像就只點了 2 公升的酒。

言談間其中一個人提到覺得只喝酒，沒有其他下酒菜，喝多了有點不舒服。坐他對面看起來有些內向的男孩則小聲地回說：「這裡的餐點都滿貴的，就只有酒最便宜，如果你要吃東西，我們等一下喝完再出去買啦！」

其他兩個人大笑著表示贊同，像是並不覺得只喝酒、不點菜是一件丟臉的事，畢竟他們今天出來的目的就是為了這個。店裡的背景音樂全是他們成長年代的歌曲，周杰倫的〈晴天〉、林俊傑的〈簡簡單單〉、范瑋琪的〈我們的紀念日〉、魏如萱的〈買你〉等等。一開始還只是跟著音樂輕輕哼唱的他們，後來像是把居酒屋當作 KTV 包廂那樣以略大的聲量唱著。

「別想那麼多了啦！都快過去 3 個月了，你還在想她！她都已經交新男朋友了，你可以放心了吧！」語罷，3 個男生此起彼落用著他們各自的說詞和方式試著安慰今天的主角。聽起來像是從高中開始交往的情侶，在上大學以後，因為不在同一所學校、甚至不在同一座城市，不久女孩就提出分手，說是覺得感情難以維持，是常見不過的劇情。

被安慰的男孩沒說什麼，只是苦笑地將自己手上那杯啤酒喝完，然後將空杯子擺到一旁，逕自趴到了桌子上，雙手交叉枕著不知道是因為酒精或是因為情緒而顯得沉重的頭部，眼神像銀河那樣

流轉。

燈火通明的居酒屋還熱鬧著，不管他的失落。

另一邊聚集了 7、8 位中年大叔，他們把兩、三張桌子併在一起，桌上擺滿了店內熱門的串燒、烤物、日式烏龍麵等，氣氛正好。他們先是稍微聊了彼此的工作近況，互相抱怨了難搞的上司或是偷打小報告的同事，接著喝過幾杯後就開始暢聊以前的事。像是大學時一起蹺過哪一個教授的課，結果剛好那學期就那一堂點了名；像是當兵時彼此在不同營區裡發生的趣事，或是靈異的鬼故事之類的。

還討論起了彼此的身高，有人說他國中時因為自己太矮，回家跟媽媽抱怨之後，結果媽媽不知道去哪找了說是「包長高」的中藥，喝完還真的在高中就長到現在的 180 幾；有人則說他在國小時就已經有 170，原來想說按照這個趨勢下去，在高中畢業時應該有望突破 190，結果沒想到那已經是他這輩子的極限了。他一說完，

所有人笑得人仰馬翻，舉起酒杯又互相喝了起來。

燈火通明的居酒屋還熱鬧著，不管誰的停滯。

「我想你是愛我的，我猜你也捨不得。但是怎麼說，總覺得我們之間留了太多空白格⋯⋯」背景音樂來到這首蔡健雅的〈空白格〉。

坐在我對面的她，先是用濕紙巾擦過一遍手後，再用衛生紙把手擦乾，這才拿起明太子飯糰輕輕咬了一口。或許是有些偏乾，她隨即喝了口一旁的調酒，像是飲料廣告裡總會出現的場景，爽快嚥下後發出類似「喝！」的狀聲詞，最後露出滿足的笑容。

差不多已經是 1 年前的事情了，她和交往 6 年的男朋友分手。

大學畢業後，她因為對於繼續攻讀研究所不感興趣，因此便直接投入職場工作；男友則是決定要到南部的成功大學就讀相關科系

的研究所，說是一來他尚未找到自己對於未來就職的取向，二來是他爸媽希望他至少能讀到碩士畢業。

於是他們就開始了遠距離戀愛，大學交往的那 3 年幾乎成天都膩在一起的他們，被迫得要適應可能 1 個月只能見一次面的狀況。雖然還是可以透過視訊的方式隔著螢幕看看彼此的近況，但畢竟還是與實際的相處有所不同，缺乏有溫度的接觸。

一開始時，經歷了一段很沒安全感的日子。或許是初到職場的壓力，還有能夠讓她依賴、給她安慰的那個人不在身邊，她還曾經激動地想把辛辛苦苦找到的優渥工作給辭掉，要去台南找一個類似性質的，只為了能夠和他在一起過生活。

後來還是她媽媽撥了電話給在台南的他，希望他好好勸勸她，不要因為一時的壓力就做出或許會後悔的決定，說以後如果結婚什麼的，能一起過的日子還很多，沒必要執著於這個時候，他在驚訝之餘連忙答應了下來。

那次他們說了一個晚上的電話，從晚上 10 點一直聊到隔天早上 6 點多，過程裡有爭執、有眼淚、有理解。他先是說了他從她媽媽那裡得知她想要南下找工作的決定，他說希望她能再好好考慮一下。並不是不願意再一起生活，只是他也會認為她而今的工作機會相當難得，僅僅只是因為依賴、不安，他覺得不值得。

她有些歇斯底里，口氣裡的尖銳像是要穿過螢幕的另一頭，嘶吼著為什麼連他都不支持她，質問他是不是不想要她在身旁管著他，甚至懷疑他是不是已經有了其他喜歡的人，接著哭得泣不成聲。

迴響在電話兩頭的只有她的哭聲，還有他的沉默。他總是不曉得該如何在她哭的時候安慰她，連面對面時都無法好好做到，更別說是隔著螢幕了。

「對不起，只是我壓力真的好大，剛進公司不久，我覺得我學得好慢。雖然主管和同事都對我很有耐心、對我很好，可我還是很

急著想把事情做好、想要趕快進入狀況。想要跟你說這些的時候，又會突然發現你離我好遠，又會擔心我們會不會跟別人一樣，因為遠距離分手⋯⋯對不起⋯⋯」她抽泣著，斷斷續續地說完這些，而他靜靜地、細心地聽好每一句裡的情緒。

『我比較應該說對不起啦，我剛剛不應該只是用我自己的立場來判斷說妳的決定值不值得，我沒有好好注意到妳累積的這些壓力，忽略了妳到新環境的不安全感和剛開始遠距離妳的擔心。那我們來討論一下妳覺得我怎麼做妳會感覺好一些，好嗎？像是妳覺得 1 個月要見幾次面啦，或是妳想要我們每天花多少時間聊天之類的⋯⋯』

他們就這樣討論了一整個晚上，說了很多那陣子訊息裡沒能完整表達的，他和她分享了最近學校裡的瑣事，說了研究室裡都沒有可愛的學姊，讓他好難過，但其實是想讓她放心；她和他坦承了最近其實都睡不好，傳完晚安的訊息以後，她還得在床上翻來覆去 1、2 個小時才能睡著。

他們也聊了以前，也聊到以後，他們說好想要能再一起生活，希望那樣的日子不會讓兩個人期盼太久，希望那樣的日子會是很久很久。

後來她先睡著了，不僅僅是因為累了，更因為他陪她說了好久的話，心好像終於又被安穩了下來。他接連說了幾句話，發現都沒有回覆以後，仔細聽那頭傳來平靜的呼吸聲，他知道她好好地睡著了。

『晚安。』他很輕很輕地說完，然後按下螢幕上紅色的按鍵，掛斷了電話。

他們因為那晚的溝通，穩定下兩人遠距離相處的基礎，也更了解在那樣的情境裡，彼此需要的是什麼，已經不只是愛，而愛是一切願意付出的基底。

兩年後他順利寫完論文，完成碩士學業後，回到家鄉台中，透過

教授的推薦有了一份穩定的工作。而她仍待在原來的公司，積極的工作態度及下班後自我進修等，讓她備受主管的肯定，得到升遷。

距離從台南台北，縮短為台中台北，兩個人在不同的城市裡找到了各自喜歡並願意為之努力的工作。原以為再分開努力個幾年，一切就會順利地照著他們所設想的那樣進行下去，他們會有足夠的能力在同一座城市裡有一個共同的家，可以在各自忙碌一天以後，回到彼此的懷裡入眠。

只是以為。

那天她拖著快累壞了的身子搭著高鐵下台中找他。因為那陣子公司有一個大型的專案交由她全權負責，所以幾乎一、兩個禮拜都加班熬夜。她在急速行駛的車上小憩了一會兒，心想著就快又能見到他了，等等要好好抱抱他，給自己充電才行。身體毫無疑問是疲倦的，可是心情愉悅。

出了車站，他在那裡朝她揮著手，表情不知怎麼有些僵硬。每一次的見面，她總像是第一次見他那樣開心，興奮地小跑步過去伸出雙手，像是要抱抱的孩子。他頓了一下，還是將身子迎向前去讓她抱著，這一次像第一次那樣僵硬。

「我好想你，真的、真的、真的很想你。」她貪婪地聞著他專屬的味道，是她為他買的香水。過了大概 30 秒後，她才願意鬆手，他把她剛剛順手丟在地上的行李接過，然後跟著她一起走，他們決定要先在車站這裡用餐。

路上她說著工作遇到的一些困難，然後也說了自己覺得自己很厲害的地方，這時候會認真地看一下他，露出希望被鼓勵的眼神，而他只是笑。她假裝有點生氣地快步向前，到了餐廳後就找了一個雙人桌的位置坐下，把頭撇向一邊，意思是「還不快來哄我！」

他先是去櫃檯那點了他們兩人最常點的套餐，在那稍等了一會，再端著裝有餐點的餐盤走到她在的座位。為她擺好用餐的所有細

節，幫她擦好筷子和湯匙，再抽了兩張衛生紙放到她的旁邊，他知道她總會像個孩子吃得到處都是。

『快吃吧！』他帶著有點不自然的神情，還是很溫柔地說。

她其實看到他幫她做了前面這些事，想要開口和他說聲謝謝，卻發現自己還在前一場戲裡，只好繼續連戲下去，狠狠地吃著麵，像是那麵是他一樣。她先是開心地吃了幾口，接著發現對面的他只用湯匙喝了一口湯後，就再無動作，她便也就停了下來。

「你怎麼了？不舒服嗎？幹嘛不吃啊？」她伸手想用手背測試他額頭的溫度，他卻向後退了一點，沒讓他們碰到。

『我想了很久，我覺得……我們還是分手吧。』他低著頭，像是自言自語似的，音量小得幾乎就要聽不見，可是兩個人靠得那麼近，這句話又這樣殘忍。

「你……你幹嘛啊？為什麼突然要分手？」她聽得很清楚，她只是不敢相信他會說出這句話，在一個意外的場合，也在一個意外的時刻。

『我們交往 6 年了，其實我一直都很開心，就算到現在我還是這樣覺得，甚至有時候會覺得妳太好了，我配不上妳。這一年來我很努力在這份工作上，除了因為我喜歡以外，更重要的是我想要證明，不確定要給誰看，可我想要讓自己心裡過得去，我想要說服自己我們到現在也是合得來的。我以為問題在這，可當我認真努力過後，才發現根本不是這樣。』

『我看到幾個朋友陸續結婚、成家立業，我開始想像如果變成我們會是怎樣。我突然就覺得很恐慌，我好像不想要和妳結婚。6 年的時間，我是真的很喜歡、很喜歡和妳相處的感覺，可是關於想要結婚的那種衝動，我沒有在妳身上找到。』

『我沒有不愛妳，只是我好怕我們再這樣下去，也只是浪費彼此

的時間。我知道妳想要結婚，知道妳想要孩子，我能聽懂妳有時候的暗示，可是真的對不起……」

她聽著他開口這些，心是真的碎了。她其實好想要再和他說「我們再一起努力試看看，好嗎？」、想要罵他說「你怎麼可以這麼自私？你怎麼可以這樣對我？」，可她看著低頭的他，說著說著也開始哭了的他，一句責備的話、一句再為自己要求些什麼的話，都開不了口。

「沒關係，至少我知道你也有那麼一點捨不得我。」她想這樣告訴他，她還想著這樣安慰他，可她真的說不出來，她心都碎了。

哭花了臉，為了見他而精心打扮的妝容跟著眼淚一起潰了堤，像是災難片裡歷劫餘生的人們，只是，只是她的劫，才剛剛開始。

那兩碗麵最後沒人吃完，他載著她回到他在台中的租屋處，她把遺留在那裡的、屬於自己的東西都收拾。他告訴她可以在這先留

一晚，明天看她想要直接搭車回去還是再去哪裡走走，他都可以載她。她沒說話，安靜地收好所有的東西，除了告訴他請他送她到高鐵站外，再沒說過什麼。

他們的最後一次見面，就在台中高鐵站的入口處，他連「回家注意安全」都沒能開口，她著急得像要逃走，故作鎮定，面無表情。

「那時候我跟自己說，我不能大聲哭出來，我還不能哭。如果他心軟了，我怕我真的就會走不了，我還那麼喜歡他。他如果再牽住我的手、再抱住我、再隔著門喊我的名字，我就會留下，我就會求他。可他沒有，他沒有。」她是不大會喝酒的人，是連喝冰火也會醉的那種體質，用有些迷濛的雙眼說著。

「那天晚上我回到我的小房間，我整個哭到不行，我以為我就要死掉了，不確定死因會是哭到窒息還是真的太傷心了。如果人一輩子的眼淚是有限的，我那天可能預支了我下半輩子全部的額度。週末連兩天眼睛腫得跟豬頭一樣，連滑手機都有困難，好險

沒有真的瞎掉。」說著說著自己還笑了出來，還笑得出來。

「其實最近我想到以前那些他對我好的時候，我還是會覺得，他好像會回來，會跟我說他想通了，搞不好還會跪著求我。所以現在的難過都不是結束，只是過程。」她的唇色豔麗動人，說的話有種魔力，像要說服自己、或是欺騙自己。

「這一年的時間，我還在等，我知道我還在等。」她用左手撐著頭，說話時像是調酒底部作為擺設浮誇的乾冰，把每一個字都輕飄飄地開口。

等待有時候像是一種延遲絕望的方法，與其說把那些剩餘的期待分散到等待的每一天裡，不如說是把不敢承認的事情，像是對自己的失望或是對現狀仍無可適從的自己，細心地撕裂，然後散落平分到餘下的每一個日子。

「好像只有等他的時候，我才能把自己過得正常，我不想要活得

和別人不一樣。」她閉著眼睛像是睡著那樣，把話說得離自己很遠，好像就不會讓自己受傷。

她全部都記得，但她還是捨得。

記得他說過所有的話語，記得一起規劃過的未來，最後捨得讓自己不快樂，也要還他想要的自由，成全他以為的溫柔。

記得，然後捨得。

燈火通明的居酒屋還熱鬧著，不管誰的等待。

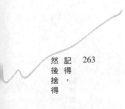

惡夢

睡不著的時候
就會想起一些
以為已經不在意的事情

要不要為了你失眠
卻不是我一個人
就能決定

我知道
因為你而過得不好
不是你的錯

如果你連我還會想起你
都不知道

惡夢是擁有你
醒來也不過只是

再把你
拿走一次

總在說完晚安後，特別想你

一轉眼，已經到了這份工作的最後在職日。歸還了第一天拿到的公用筆電後，好像才突然意識到關於離開的真實性。

坐在熟悉的位置上，用餘下的時間整理座位周圍需要帶走的東西。除了主管贈送的桌曆及一旁個人白板上放有的慶生卡片外，其他就沒什麼該收進背包裡的物品了。

同事們常常笑稱我的座位像是隨時準備要辭職的人，說我對公司一點歸屬感也沒有，不像其他同事把辦公桌擺設得像是家裡書桌似的那樣溫馨。每次我回說我只是比較喜歡工作時有乾淨整齊的桌面，都會得到一堆白眼，接踵而來的是一些我無法回答的質問，像是「所以妳是說我不喜歡乾淨囉？」、或是「好啊，就妳最整齊，我們就亂啊！」等等，無可招架。

最後整理完的座位，其實也和平時差不了多少，只是這次，真的要走了。

工作時常是乏味的，但逗趣可愛的同事們總讓這樣重複的日常，變得可以忍耐。從一開始的以禮相待，到後來揭開彼此「虛假」的面具，關係才真正生動起來。在等電梯時一起抱怨今天又遇到什麼心煩的事，在吃中餐時一起討論最近有什麼值得買的東西，在某位同事生日時一起笨拙地想要製造驚喜，在開會時一起因為誰突然傳到群組裡的訊息而差點大笑出來。

所有平時不甚在意、反覆累積的時間，都在最後變得格外清晰。往後走的每一個日子，都會讓這些不再回返的記憶，更加值得懷念。就算以後我們再湊齊一樣的人馬，有著一樣想回去的心願，終究不會再是一樣的我們。

我會記得因為這份工作而租下的精緻小套房，會記得房裡不太冷的冷氣，會記得每天通勤的公車路線，會記得總和我在同一時間搭上公車的短髮女孩，會記得公司裡每走一層樓的階梯大約是 23 階，會記得工作樓層打掃阿姨的模樣，會記得同事們分享的男友事蹟，會記得有一次在 15 樓的會議室裡和她們提到過你。

關於你的事情，好像每提一次，就會被時間拿走你一點。記住的那些，越來越明確，而想不起的那些，越來越遙遠。可我並不能決定，我有的這些你，甚至都像是跟著真正的你，逐漸離我而去。

故事其實是定型的，結局已經被我們鎖在從前，不論我是提筆寫下或是開口談起了你，不管我把你說得多好或多糟，一切都不會改變。我記得第一次和其他朋友說到你的時候，那時要把故事說好、說得透澈，是一件艱辛的事。還不懂如何篩選什麼是該說的，有什麼只是想說的，又有什麼是你其實不會想讓別人知道的。

所以會不小心把「我們」說得冗長，但明明只是短暫的交逢，像是一顆原先完整可愛的毛線球，被我重新拉成一條平白無趣的線，我拉著這頭，而你在同一座城市裡的那一邊，已經鬆了手好久、好久。

後來的時間，都是我一個人的場景，我沒有勇氣、沒有理由告訴你，所以你不會知道我還在想你、還在等你，還喜歡你。

在不大的會議室裡，在心裡默數過已經喜歡你過了幾個年頭，而後帶點驕傲的語氣開口和她們說：「7年。」已經7年了，如果從懂得區分各類感情間的差異開始起算，幾乎就要占了所有的年華。

「喜歡一個人7年是什麼心情啊？難道妳不會對其他新遇見的人動心嗎？你們甚至有5年的時間都沒有什麼聯絡耶，我連想像跟我男朋友在一起7年都覺得很難。」坐在小圓桌對面的同事搶先發問，口氣充斥著無法置信。

「其實我不知道要怎麼說耶……可能是因為我太懶了吧，就連我的心也是這樣，它好像不想再為其他人心動。而且啊，這麼長的時間裡，我一直重複著同樣的活法，一直喜歡著同一個人，所以我知道喜歡他，然後他不喜歡我的結果，最多就是讓我這樣了。可是如果我放棄了，如果我不喜歡他了，我沒有辦法說服自己，好像我就真的可以比較幸福。」稍微整理了一下思緒，考量了這些年來的累積，才得以用幽默的語氣來說關於你的事情。

特別想你　總在說完晚安後，

我不知道，如果我不喜歡你，自己是不是會真的比較幸福？我不知道。

「那妳花這麼長的時間等他，妳開心嗎？」坐在隔壁的同事抿了一口冷掉的拿鐵，接著問。

「告白失敗後的一開始，一想到這個問題，能做到的只有逃避，讓自己變忙，試著去想、去做會讓自己開心的事，但在那些過程裡，其實還是很傷心啊。吃好吃的餐廳會哭、散步的時候會哭、沖澡的時候會哭，連看到路邊的流浪貓都會哭。那時候真的怎麼樣都快樂不起來耶，我第一次覺得喜歡一個人，居然會這麼難過。好努力想要變好，可是我又沒有做錯什麼事情……是後來一段時間以後，看到身邊好多朋友分分合合的感情，有些時候就會為自己慶幸。能一直有一個自己喜歡的人，好幸運，就算別人可能都不這麼覺得。」喜歡一個得不到的人，走到最遠最遠的傷心以後，還喜歡的話、還能喜歡的話，對我來說，已經很幸運了。

後來我們又在會議室裡聊了各自一些過去的感情，明明當時難過到不行的事情，現在也都能笑著開口了。受過的傷，有些好了、有些還沒，可我們還是走到這裡了，稱不上是全然的快樂，但至少平安。

現在看起來明亮的人，其實都有過那種快要熄滅的時候。如果不是那些跌跌撞撞的過往，或許也沒有辦法像如今這樣清楚地知道，自己的光該為誰而亮、為誰而留，知道某些看似固執的堅持裡，有著自己的值得。

我們都還會、還能相信愛是一件太好的事情，就算艱辛。

下班的時刻悄悄來臨，組裡的同事有些還在會議裡，不在座位，最後一次的再見沒辦法親口和他們說了。揹起背包，向正後方仍在奮戰中的同事像是平常那樣說了「掰掰」，其實不算太過感傷，我在心裡知道，我們一定會再見的，一定。

公司外頭的馬路旁，通知道路修整的告示日期是 108.2.20 到 108.2.28，開在迷客夏旁邊的火鍋店上頭貼著大大的「租」字，出公司後左轉的停車場終於迎來新開幕，一切的生活，有一些已經告一段落，一些已經結束，一些正要開始。

走到公車站牌路程裡的街邊，有著一家新開張的攤販，顯眼的黃色招牌上，用紅字寫著「豆乳雞」。一個約莫 7、8 歲的孩子坐在一張小板凳上玩著手機，穿著圍兜的老闆娘和朋友在一旁聊著天，好像說著創業的辛苦和初開始的不安。朋友用著流暢的台語說了一連串鼓勵的話，還用了一些好像在電視裡聽過的諺語，最後簡單但鄭重地說了一句：「日子總會慢慢變好的。」老闆娘看著板凳上的孩子，眼神柔婉，嘴角溫斂笑意，接著像是自言自語那樣重複了朋友的那句話。

「日子總會慢慢變好的。」

偶爾人會無意識地把聽到的話用自己的方式開口，有時是藉由這

樣的方式來確認對方的意思，有時則是透過這種反覆而更加確信
了「語言」是真的有其力量，像是在新的生活中心投入一顆石頭，
水面的漣漪起得很淡、很慢，可是會因為他人的祝福、自身的期
盼，依著緩慢而堅定的紋路，平安抵達所望的彼岸。

一個簡單的畫面、一句平淡的話，像極了生命裡某些如同「神啟」
的時刻。這類的巧合或有人稱之幸運，也可能讓人絕望，因為它
讓人明白有些事從來不是能夠經由努力就使它成真，一件你無從
想像的事，便無力靠近。

它是日常，也是意外，並不刻意地出現。它只是發生，然後深刻。

我在搭公車時想、吃晚餐時想、回到房間時想、洗澡時想、躺到
床上以後還在想：不知道以後豆乳雞的生意會不會很好？不知道
那孩子會不會乖乖地幫忙？不知道同事們會不會喜歡這間新開的
小吃攤？有好多的事情現在都還不能知道答案，可是不知道為什
麼，我總覺得像他們說的，會好的、會好的。是這樣由衷期盼著

陌生的他們，真的能把後來的日子過得好，沒來由地就是渴望如此。

摸了摸床邊放著的龍貓玩偶，拍拍它胖胖的肚子，虔誠向它許願：「你要保佑他們喔，不一定要讓他們真的賺大錢啦，但是要讓他們真的慢慢變好！拜託，謝謝你。」

它是這幾年來為你買了而沒送出去的生日禮物之一。

那時候在手機上一看到就立刻向代購下了訂單，不菲的價格害我吃了一個禮拜泡麵。但經過兩週的等待，真正到貨的時候，毛絨絨的觸感、極度仿真的可愛，想像你收到時雀躍開心的神情，就真心覺得值得。只是無論如何都找不到理由送你，怕就算是作為生日禮物，你也會覺得很有壓力，幾個夜裡的翻來覆去、百般思量後，最終還是提不起勇氣。

有多想靠近你，就有多害怕我自以為是的好，其實只是你的壓力；

有多希望你開心，就有多擔心這樣的我就算只是站在這裡，隔著太遠的距離，都會藏不住我喜歡你的心意。

它去不了你身邊的原因，不僅僅是我少了勇氣，更多的或許是我不想它也像現在的我一樣，對你產生不了任何意義。

它值得被喜歡、值得被愛，在我這裡，它很像你。

每天晚上，在滑完手機終於打算關燈就寢以前，我會把它抱在懷裡，和它說一些對別人開不了口的事情，包括與朋友間的負面情緒、包括與父母的爭執、包括工作的挫折、包括你。

在發完牢騷後，每次都會謝謝它安靜地聽我說話，接著完成一天裡最後的儀式：和它說那句好久以前還能和你開口的晚安。

你知道嗎？還會每天聊 LINE 的那陣子裡，有時候我們說完晚安以後，我並不會真的就順利睡著。而說不上是失眠的那些時間裡，

偶爾會把前面的訊息全部都讀一遍，然後察覺你的或是自己的改變，難以數清的夜裡交換過的熱情或冷淡。

我們各自都有忙碌得不想回覆訊息的時候，也有那種像是要把彼此一天都聊完的時候。看著看著就總會意識到自己的幸運，不僅是遇見你，不僅是喜歡你，還有那時所有、所有與你相關的事情。

「我總是在說完晚安以後，特別想你。」

後記——
愛出一個自己更喜歡的自己

對我來說，愛並不是兩個人無時無刻不處於同一個頻率，而是彼此有彼此的生活，也有各自的頻率：會喜歡不一樣的歌手、會吃不一樣的餐廳、會讀不一樣的書、會愛不一樣的人。

因為我們本來就不一樣，本來也就沒必要一樣。

相處的開始，熱戀時那種近似盲目的愛，好像會讓人覺得自己能和對方永遠處在這樣的情境裡、會永遠不必多想就能理解對方、會永遠就在這樣「對的」頻率裡相愛。

可是兩個人相處哪有什麼永遠對的頻率，一個人情願自己此生不變，說穿了那也只是一廂情願而已。人都會變的，或多或少或好或壞。

改變從來不是一種交換，不是我不變就能要求對方也不變。

愛不是萬能的，現實有太多可以殺死愛的東西，而且輕而易舉。

所以要不停地溝通，悶著心裡話不是就代表堅強或獨立，等待對方主動來問或來發現，有時候等到的就只是分手；舒服的沉默不是就代表相安無事，有時候它就只是真的代表，我們已經無話可說。

就算是吵架也可以是一種溝通，但當然還是別動手動腳啦，在爭執的過程中其實因為情緒上來了，會比平常更容易把心裡話說出來，那樣的溝通其實很有效率。

因為後來反而是越親密了，卻越不敢說真正的心裡話，好像自己什麼都可以忍，好像對方也忍受自己什麼地方。

彼此可以是彼此無可或缺的一部分，但絕對不是全部。牽手時、擁抱時、親吻時，或只是靜靜看著對方眼睛時，透過真實的接觸，感受彼此是這樣真切地接納。

是在那些瞬間裡，確認對方此刻是真正愛我，而我也同樣。

然後在這些以外的時間裡，在各自的生活裡相互掛念，用自己的頻率和步調和自己相處，在你、我、他的代名詞裡，找到一種平衡。

其實有一種感覺是很奇妙的，人反而不是在真正相處的時光裡，加深對於對方的感情，卻是在一個人獨處的時間裡，更加確定「我愛你」或「我不愛你」這些事情。

去愛一個人，然後要在愛裡面，找到一個自己更喜歡的自己。

愛出一個自己更喜歡的自己

國家圖書館出版品預行編目資料

總在說完晚安後，特別想你 / 知寒作.
-- 初版 . -- 臺北市：三采文化，2019.07
　面；　公分

ISBN 978-957-658-189-2（平裝）

863.55　　　　　　　　108009238

◎封面圖片提供：
Abel Halasz / Shutterstock.com

suncolor
三采文化集團

愛寫 32

總在說完晚安後，特別想你

作者｜知寒

副總編輯｜王曉雯　　責任編輯｜徐敬雅　　校對｜黃薇霓

美術主編｜藍秀婷　　封面設計｜高郁雯　　內頁排版｜徐美玲

行銷經理｜張育珊　　行銷企劃｜陳穎姿

發行人｜張輝明　　總編輯｜曾雅青　　發行所｜三采文化股份有限公司
地址｜台北市內湖區瑞光路 513 巷 33 號 8 樓
傳訊｜TEL:8797-1234　FAX:8797-1688　　網址｜www.suncolor.com.tw
郵政劃撥｜帳號：14319060　戶名：三采文化股份有限公司
初版發行｜2019 年 6 月 28 日　定價｜NT$350
　11 刷｜2024 年 3 月 10 日